走进"八闽旅游景区"

松溪

福建省炎黄文化研究会
福建省作家协会
中共松溪县委
松溪县人民政府
编

海峡出版发行集团 | 海峡文艺出版社

《走进"八闽旅游景区"——松溪》编委会

主　　任：阮诗玮

副 主 任：陆开锦　马照南　杨少衡　陈本育
　　　　　张行书　吴英杰

编　　委：（以姓氏笔画为序）
　　　　　马照南　朱谷忠　阮诗玮　杨少衡　吴英杰
　　　　　张行书　张建光　陈本育　陈可聃　陈建斌
　　　　　陈毅达　林　滨　林秀美　徐德金　郭义清
　　　　　唐　颐　黄　燕　黄文山　游炎灿

执行编审：朱谷忠

前　言

　　2024年5月，正是风传花信、雨润草尘的季节，由福建省炎黄文化研究会和福建省作家协会联合组织的采风团，赴松溪旅游景区开展采风活动。几天时间里，30多位作家们围绕多个专题深入采访，并参观了松溪城市建设，留下深刻、难忘的印象。

　　松溪县地处闽北浙南交界处，因古时沿河两岸多乔松，有"百里松荫碧长溪"的美景而得名，自三国吴永安三年（260）置县，已有1764年历史。县域面积1043平方千米，辖1街、2镇、6乡、112个村（居），人口16.68万。概括说来，松溪县有如下几个特点。

　　生态优越。松溪是国家生态文明建设示范县，林地面积121.91万亩，森林覆盖率75.67%，水质达标率100%，空气质量达国家二级标准，素有"绿色金库"的美称，全县农产品"三品一标"认证率67%以上，2023年荣获"绿水青山就是金山银山"实践创新基地。

　　资源丰富。松溪现有茶山8.2万亩（绿色食品认证3.97万亩、有机茶园认证7200亩），是全国绿色食品原料（茶叶）标准化生产基地和全省最大的蒸青绿茶出口基地，自主选育的九龙大白茶，芽梢肥壮，白毫特多，备受专家学者青睐，获评"九龙大白茶核心产区""中国茶业百强县"。同时,松溪"百年蔗"种植于清雍正四年,距今已有近300年的历史,是迄今为止发现的世界上寿命最长的宿根蔗,先后获评中国重要农业文化遗产、国家地理标志证明商标等。

人杰地灵。宋代大理学家朱熹及元代学者杨缨等先后在松溪城南湛卢山"吟室"、湛卢书院讲学授徒,历代英才辈出,共有28人考取进士。北宋有刚正廉明的御史中丞吴执中,南宋有抗金护驾名臣陈戬,明代有政绩卓著的真宪时和"百粤文宗"魏濬——其所著的《易义古象通》八卷都收入《四库全书》。

人文璀璨。引人注目的有松溪版画等5项省级非遗代表性项目,16项市级非遗代表性项目,28项县级非遗代表性项目。还有八大碗、米冻粿、六墩黄粿、乌米饭、麻糍粿等特色美食。

文脉深厚。松溪是中国宝剑之乡,春秋时期,铸剑大师欧冶子在湛卢山铸就名扬天下的"湛卢宝剑",位列中国古代五大名剑之首;宋代九龙窑青瓷工艺精湛、享誉东南亚和日本等地;松溪版画秉承古代建安

刻版印刷遗风，具有独特的艺术价值和地位，该县曾蝉联五届"中国民间文化艺术（版画）之乡"。湛卢宝剑、九龙窑瓷器、松溪版画被誉为"松溪三宝"。

红色热土。 松溪县系革命老区县和原中央苏区县。1929年6月，以松溪路下桥为中心的建（瓯）松（溪）政（和）农民暴动，竖起闽北土地革命斗争第二面红旗。1929年12月，中共松溪特支成立。1933年6月，建松政苏区划归中央苏区闽赣省，在风云激荡的革命战争年代，坚持"红旗不倒"直至新中国成立。

松溪地处仙霞岭南端，全县海拔千米以上山峰有40座，境内河流大部分为松溪水系，属闽江水系建溪支流，地处北纬27°，属中亚热带湿润季风气候。冬无严寒，夏无酷暑，四季分明，季风明显，是理想的避暑胜地。

近年来，松溪县主动融入"大武夷旅游圈"，立足独特旅游资源，围绕让更多游客"知松溪、来松溪、留松溪"发展目标，持续打造环湛卢山

松溪全景图（游辉义　摄）

旅游经济带。先后培育了国家4A级景区1个，3A级景区3个，省级乡村旅游村12个、省级金牌旅游村3个。先后荣获闽北首个国家级生态县，国家生态文明建设示范县等称号。

　　这一切，给参加采风和写作本书的作家们留下真切、深刻的印记，并油然萌生了对开拓奋进的松溪人民的由衷敬意。作家们注意到，松溪在历史上有许多具有重要意义的时间节点，而峥嵘岁月和艺术长廊中更是蕴藏着许多动人的故事和伟大的力量，充满丰富的写作素材和资源。只有深入生活、扎根人民，从历史的流变、文化的根性、人的信念与坚守中提炼主题、萃取题材，才能写出有筋骨、有道德、有温度的文学作品。

　　本书收入的30篇作品，就是参加采风的作家们用全新的视野，潜心创作，精心打磨，从而取得的丰硕成果。相信会给读者们带来不尽的思考与回味。

编者
2024年7月

目录

绿色松溪

3 　　　诗样松溪 / 张建光
11 　　万前问蔗 / 张冬青
19 　　有机茶"二王" / 王炳根
27 　　生态"密码" / 戎章榕
35 　　只为一杯好茶 / 何英
43 　　红色源尾的振兴 / 李晟旻
50 　　茶园遐思 / 黄莱笙
58 　　二人同行 / 张茜
65 　　又见"诗歌村" / 张晓平
72 　　人间烟火出美食 / 马星辉
80 　　中央苏区县的荣光岁月 / 马照南
87 　　古城新韵 / 陈元邦

灵韵山水

97 　　湛卢之谜 / 杨际岚
106 　　古渡遗梦 / 少木森

115　神奇五福桥　/ 陈国发

122　白马山传说　/ 吴衍连

131　火山留下的遗产　/ 沉洲

138　凤飞凤舞招沙甲　/ 黄河清

147　巍巍昂首龙头山　/ 郭义清

155　七仙女曾住诰屏山　/ 禾源

163　溯流梅口埠　/ 徐德金

怀古思绎

175　去松溪，看版画　/ 石华鹏

183　碎瓷的眼睛　/ 景艳

191　走近交通碑　/ 潘黎明

199　茶刀走天下　/ 杨国栋

206　雄关漫道真如铁　/ 施晓宇

215　古城墙记　/ 冯顺志

222　传奇大布村　/ 唐颐

229　源头活水"烧茶桥"　/ 黄锦萍

236　风从吴村来　/ 罗小成

246　松溪旅游线路导览

253　后　　记

绿色松溪

诗样松溪

□ 张建光

听完我的松溪文章写作打算，文友们笑曰："此番采风，你是在寻找湛卢的'另一半'。"

湛卢是座山。"在县南，连亘东关，松溪二里及政和县界。"《方舆记》中云："山形峭峻，常有云雾浮凝，若当春，若经秋，炫耀百状。"湛卢也是把剑。"欧冶子铸剑有名湛卢者，因以名山也。"湛山十六景中与剑相关的就有七处，诸如"剑峰""铸剑炉""试剑石"等等。元代杨缨将欧冶子在此铸剑的过程作了个"宏大叙事"："取锡于赤堇之山，致铜于若耶之溪，雨师洒扫，雷公击橐，蛟龙捧炉，天帝装炭，盖三年于此而剑成。剑之成也，精光贯天，日月争耀，星斗避彩，鬼神悲号。"湛卢是松溪的精神高地。有位主政过此地的领导说当地人："三天不见湛卢山，两眼立马泪汪汪。"

我眼中的湛卢世界，不仅有剑影刀光，更有斯文书香；不仅有雄风豪气，更有雅韵柔肠。"天铸长虹悬一剑，地回文笔卓三

峰。"翠微高过山巅,弘诵胜过天籁。山的东面是朱熹。朱子的父亲辞世后,祭扫爷爷奶奶的重任就落到了他的肩上。从武夷山到政和,湛卢是必经之地。于是朱子筑室山中,读书修业,杖履

天下第一剑山——湛卢峰

存神,后人称为"吟室",并建"湛卢书院"传承纪念。松溪创作采风,我想探寻朱子湛卢的足迹和风采。

一天上午,时任副县长的危建平和湛卢山所在的茶坪乡叶书记和马乡长,同我们一起奔向湛卢山的深处。从地图上看,峰顶有上祠,半腰有中祠,峰脚有下祠,均有历史的遗址:上是千年古刹"清凉寺",中有杨氏书院,而下祠才是我们寻找所在。车到半山路不好,我们只好下车步行,穿过一片竹山,攀上几步坎层,芦苇野刺遍横,还好遗迹保护责任人也是村书记,挥动加长的柴刀,引导我们一路披荆斩棘来到目的地。在朋友们的指点下,我才依稀辨认出"吟室"的基址,前后两进,占地约六百平方米。基础之上建筑荡然无存,只见芳草凄迷,间或有几株瘦小的树木,形单影只。方志上曾写,"吟室"及后建的"湛卢书院"几经兴废,历尽沧桑,古人就曾感叹,我辈只能复为感叹,"吟室留空山,寂寞少行迹""苍凉读书台,先生呼或出"。

既为"吟室",必有放歌。松溪先贤曾生动描写朱子"常抱膝而长吟""时而玩峰头之月,时而鼓洞口之琴,时而倚檐前之竹,时而听窗外之禽。文射北斗之光,一灯频燃黎火;山擅南天之秀,万象尽罗胸襟"。诗作呢?除了《咏瑞岩》那首七律外,松溪文友们津津乐道的是那首《登卢峰》五言古风,且是唯一的一首。

诗曰:卢山一何高,上下不可尽。我行不忘疲,泉石有招引。须臾出蒙密,矫首眺无畛。已谓极峥嵘,仰视犹隐嶙。新斋小休憩,余力更勉黾。东峰切霄汉,首夏正凄紧。筇杖同攀跻,极目散幽窘。万里俯连环,千里瞰孤隼。因知平生怀,未与尘虑泯。归途采薇蕨,晚饷杂蔬笋。笑谓同来人,此愿天所允。独往会淹留,寒栖甘菌蠢。山阿子慕予,无忧勒回轸。

我查阅了朱子诗歌的材料,却怎么也寻不到《登卢峰》这首诗，最后只好根据束景南《朱熹年谱长编》的线索，逐一翻阅"巴蜀书社"郭齐教授的《朱熹诗词编年笺注》，终于找到诗文，读完后大跌眼镜：原来这首登载在松溪县志上的朱子诗既不在当地所写，也不是为湛卢而作。

事实是乾道六年（1170），41岁的朱子在建阳寒泉精舍与蔡元定、何镐、杨方讲论，共游芦峰，有诗唱酬，遂始著《西铭解》。这首诗的题目为《游芦峰分韵得尽字》。朱子与同伴经常玩分字赋诗的游戏。此次朱子分得"尽"字作为韵脚，所以诗的第一句是："芦山一何高，上下不可尽。"诗的注脚明确说明，芦山在建阳西北七十里，云谷是其绝顶。诗中新斋乃朱子新建的"晦庵"，因为营建未完，故当日往返，未宿山中。可见此"芦"非彼"卢"，这山非那山。

事实似乎已很清楚，但数百年来为什么无人订正？我和文友们讨论，大家意见纷呈：有人说，建阳和松溪古代同属一个府，山川形胜大体相同，写云谷等于就是写湛卢，可以视同为一。有人说，古代"芦"与"卢"是同音字，能够通用。从甲骨钟鼎文到石鼓碑文、大篆小篆中的"芦"与"卢"是同一个字。《辞海》解释"芦沟桥"又称"卢沟桥"，因此有可能把朱子《登芦峰》错为松溪的《登卢峰》，谁是谁的原型说不清楚。有人说，肯定是县志编撰者有意为之。目前国内《松溪县志》有两个版本，一是宁波天一阁收藏的明嘉靖丁酉版的残缺孤本，承蒙县博物馆馆长、版画大家兰坤发先生赠送我一部影印本，其中并无朱子诗歌；另一部清康熙庚辰版本，朱子《登卢峰》一诗赫然列在"文艺志·诗词"之首。此本县志主编就是时任知县的潘拱辰先生,本来就是诗词好手,志中收入他的十几首诗,也许是冲动之下有了移花接木之举。爱"诗"之心人皆有之。我想,只要朱子本人不提异议,大可不了了之,因为美属于整个人类。

不过朱子对松溪的影响是深远的。不说后人以"吟室"为吟诵的对象,更是以此推动当地教化发展。县志有文载之:"松溪之有书院也,肇之宋大儒朱子尝读书于湛卢山麓,余韵流风,足使闻者兴起,后人因即吟室遗址,创为弦诵之区,中祀朱子,配以黄、蔡、刘、真诸儒,旁居生徒,教以濂、洛、关、闽之学,置田收租,以资作育。"虽然书院几经兴废,但文明薪火不灭。有时迁往城里,有时复建于山麓,有时山城并举,而且始终以"湛卢"命名。古人感叹:"湛卢育才之盛,直将与鹅湖、麓洞齐名。"在人口不过三万五小邑,培养出28位进士、国子监共生171人。书院的本意不在科举,其旨教化,在这方面成效更大。"行见松之士习文风,蒸蒸丕变",人人"彬彬向风",松溪诗意绵绵。

项溪,一条穿村而过的溪流流淌着《烧茶桥》的故事。每年农历四至十月,村民逐户轮流每天自带茶叶和薪柴,到桥上烧水泡茶,无偿提供给劳作的人们和过往客人饮用。这一习俗延续了六百多年从未间断。村民把烧头日茶作为殊荣,让给德高望重的人们,已经有好几位老人"享受"了三十年烧"头道茶"的待遇。那天,我们来到厝桥上,虽然还未到四月,锅灶尚未"开锅",水桶也未沾湿气,但大家已经闻到扑鼻的茶香。抬眼看到桥上的对联"清泉滋万物,香茗润众心""村中钟毓地,落下晶莹珠",顿时觉得诗心荡漾,那诗的韵脚便是积善之德。

大垱，一座"讲理亭"撑起了理性的天空。"衙门八字开是开，有理无钱莫进来。"村庄的老百姓用方言说起这句话时，别有一番韵味和感受。早时候，村民遇到纠纷不是进衙门，而是来到讲理亭，请乡绅贤达调停裁决。一旦成功，有时是输理者，有时是双方到亭旁古渡口，点烛燃鞭，重归和好。村中还有清乾隆五十四年的"奉禁碑"，严禁砍伐树木，谁若违反，必须杀猪送给每家每户半斤肉，同时还要到亭边大樟树向全村赔礼道歉。了解这一切后，不禁觉得诗意翻涌，那诗的主旋律便是正义公平。

吴山头，湛卢山脚朴实的村落，却是福建省文联支持诗歌创作基地。自从古渡梅口岸边搬迁过来后，愈发接近诗歌的故乡。那天陪着时任福建省文联党组书记王秋梅一行探访"湛卢诗歌村"，我们穿过土墙斑驳历史幽深的老村落，穿过芳香四溢的红豆杉、樟树、梧桐、银杏、桂花和茶园，穿过悬挂充满墨香的古今诗文的长廊，来到诗歌创作楼前，眼前幻觉闪过，仿佛见到"吟室"焕然一新出现在面前。"诗歌村"不仅是本县文友聚集之地，更吸引了省内外同仁包括《诗刊》主编来此高吟。作家朱谷忠老师为它写下了《诗到山前必有路》的纪实。诗人哈雷先生则道出了诗友们的心声："吴山头给我神一般的故土迷恋——那是我灵魂可以就此扎根的地方，是灵感的始发地，是心灵的原乡。"

现在看来，也许正是那场朱了诗歌"美丽误会"，成就了诗样松溪。

吴山头茶山

万前问蔗

□ 张冬青

蔗，本义甘蔗，上古叫柘，六朝始称甘蔗，原产于南亚，上古时传入中国南方，中古以前是上层社会的高级水果；如蔗酒(以甘蔗汁酿成的酒)；蔗饴(以甘蔗汁加工制成的软糖)。另比喻甜美，如蔗尾，喻先苦后，有后福；蔗境，喻人的晚景美好。"老境于吾渐不佳，一生拗性旧秋崖。笑人煮积何时熟，生啖青青竹一排。"这是苏东坡晚年的一首《咏甘蔗》诗，酸甜苦辣一路走过，如今读来便愈觉其中甘苦自知的人生况味。

据考古学家研究，甘蔗起源于热带亚热带地区，被发现于印度、埃及，公元前4000年引入中国。东坡先生在诗里提到的应为竹蔗，是野生禾科植物与甘蔗自然杂交形成的品种，自汉代始在古代中国农村广泛种植。

我出生在闽北浦城一个闽浙交界的小山村，甘蔗留给我至今难忘的深刻记忆。20世纪70年代初，因父亲是乡村小学教师，全家便吃粮站供应的商品粮，且无地可种，一家几口仅靠父亲每月

30来元的微薄工资生活，日子过得十分艰难；供销社里难得会有的白砂糖，要逢年过节凭票才能买到。村东头的溪滩里，有农户在自留地中种植三两分地的青皮甘蔗，秋季便砍去榨糖；记得那几年的深秋里，我和大弟往东山去砍柴，路过溪滩地，总会忍不住到砍伐过后甘蔗垅的残枝枯叶间扒拉，找到一两节砍漏的蔗脑或是尚有甜味的蔗尾，一路屁颠颠、汁水滴嗒地啃咬着进山，溪滩的甘蔗地给予我这贫寒少年些许的甜蜜慰藉。老家的青皮甘蔗大致可生长数年再轮作种植蔬菜或水稻，后来我读完高中后到别处去插队，然后往省城就学成家立业，与老家渐行渐远。前好些年听得大弟偶然说起老家的蔗事，说是邻居年过花甲牛高马大的兰兴三公公，某个寒冷的冬日在水碓房榨甘蔗，忙累中双手随往前推送的蔗杆绞入吱呵旋转的水车木轮，一双手掌都被碾碎，晚年只能靠街坊邻居送点煮熟的饭菜，就着大碗啃食，心里唏嘘不已很不是滋味。

在世界农耕史上，甘蔗应属除水稻、小麦、棉花之外的重要大宗农作物，为全球贡献了80%的糖和40%的乙醇，尤其在中国，甘蔗对糖业的贡献达92%以上。福建种蔗制糖历史悠久，是我国产蔗制糖大省。早在秦汉时期，闽北山区就有野生竹蔗资源。闽越王国的先民将野生杂交自然形成的竹蔗，在闽江源头建溪流域沿岸种植，《西京杂记》里有闽越王将蔗糖与牛乳混合制成的石蜜献与汉帝刘邦的记载。闽北一带广为种植的宿根蔗是指上一年甘蔗收砍之后，留在地中蔗蔸萌芽再生复长出的甘蔗。一般说来，甘蔗宿根的寿命只有三至六年，在西印度洋普格里卡岛最年长的宿根甘蔗，也只达25年。也就是说，这是甘蔗宿根种植的生命力极限，再往下就自然退化矮小不发或不成其蔗。然而，让人意想不到啧啧称奇的是，在我老家浦城相邻的松溪县万前村，竟生长着一片被称为"百年蔗"，种植于清代雍正四年(1726)的竹蔗，一直未换过种，且年年萌发茁壮新株，代复一代，宿根绵延已近300年，是我国现存最古老的甘蔗，也是目前国内唯一的传统制糖竹蔗品种，被称为中国甘蔗的活化石。2012年，万前村成立了"百年蔗"专业合作社，采用根系繁育法，培育扩种这一古老的甘蔗品种，种植面积由硕果仅存的0.7亩扩大到300多亩，而后逐渐扩增到周边乡镇达2000多亩。2018年"万前

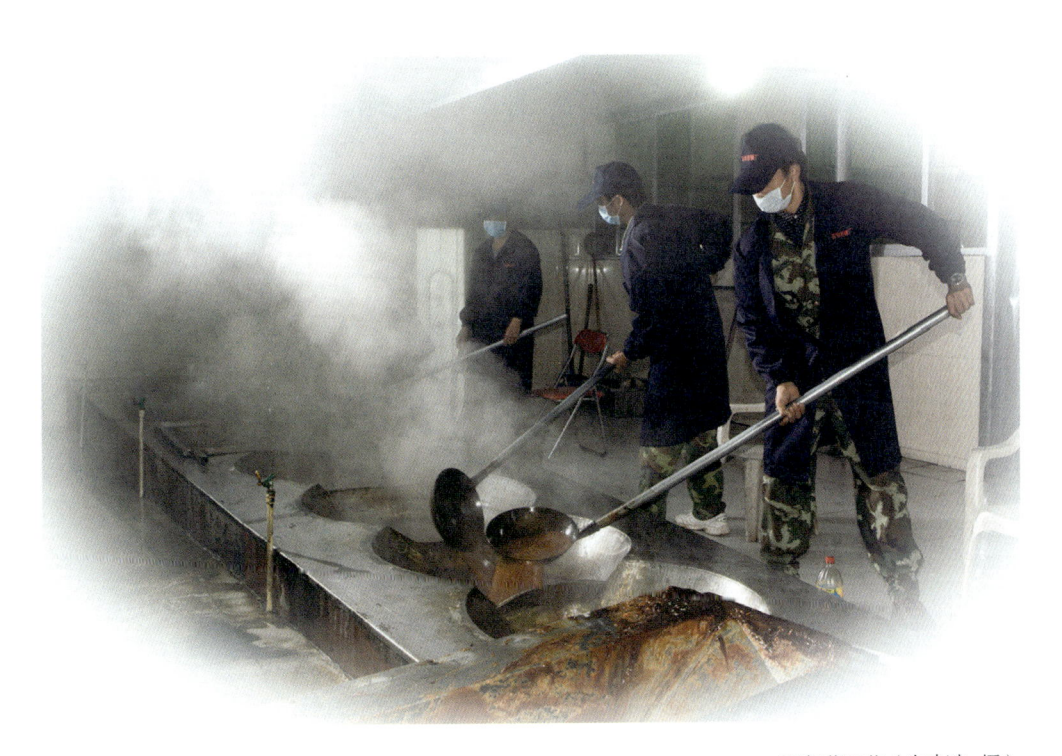

百年蔗工艺（朱建斌 摄）

百年蔗"荣获国家地理标志认证商标；2022年，《福建松溪竹蔗栽培系统》入选第六批中国农业文化遗产名录；万前村先后获评省乡村振兴示范村和中国"一村一品"示范村荣誉称号。

　　百年蔗是如何创造甘蔗生命的奇迹，万前村有怎样的酿造甜蜜的秘方？终于有这么个机会，这个小满在即的初夏上午，我走访了百年蔗所在地的松溪郑墩乡万前村。夏阳和煦，清风拂面，年过花甲的王仕有支书和乡文化站小叶引领我们走在整洁一新的水泥村道上，两旁大多是二三层高的砖混小楼，一些老厝隐匿其间，村后的湛卢山苍松耸翠，逶迤的天际线清晰可见，清澈的松溪水从村前奔涌而过，环山面水的村庄就像一只被青山绿水捧出的硕大聚宝盆，空气里氤氲着甜丝丝的味道。我们从村道向左拐向百年蔗种植园，眼前大片大片的平缓溪滩地里，垄沟分明，一垄垄葱绿的甘蔗苗都萌发尺余长，垅边间隔几步便竖立根两米多高手臂般粗细的毛竹桩，密密麻麻的，一眼望不到边。王支书说，一蔸竹蔗会萌发生长出几十根蔗杆，夏末秋初后能长到两米多高，遇雷雨台风天容易倒伏，待甘蔗长到一定时期，这些护蔗桩则用绳索牵连起来形成护栏，以保证甘蔗的生长和丰收。有溪风吹过，天上云影变幻，一畦畦甘蔗细长的剑叶在随风漾动。恍惚间，我觉得眼前林立的护蔗桩阵就像持戈待发的军团，只待号令声起，就会步伐铿锵地整体向前移动。我们在紧溪岸的一棵虬枝翠叶的老柿树旁见到了那片仅0.7亩的百年蔗母蔗地，铁栏围拱之内的一丛丛母蔗郁绿一片，似乎生长得格外旺盛。王支书在一旁如数家珍地介绍，万前竹蔗相传当年为村中魏姓先祖引种种植，数百年盛演不衰的原因，一是万前村所在的松溪流域，数亿年历经火山爆发与地质运动，形成地质类型多样、矿物质丰富的丘陵地质地貌，同时经过几万年物种进化和自然选择，万前竹蔗成为世界上唯一地下走茎和竹鞭状根的甘蔗品种，具有强宿根性和抗逆性，适合长年宿根栽培；二应归功于独到的栽培系统，其中最核心的就是深耕破垄(畦)栽培技术。每年清明节前后，万前村的蔗农们即顺应天时将年前收砍过的蔗地深耕破畦，用锄头将蔗兜四周的土壤扒开，深度达蔗头以下，随即将挖出的泥土在甘蔗行间堆成畦，并在畦上种植作物等保持水土生态固氮。这一耕作技术切断了部分表根和驻扎根，既促进新根萌发又能使土壤风化晒白，通风透气，并利于消除病虫害，有效促进了蔗兜新陈代谢提纯复壮根芽萌发生长。

占地数亩的万前糖酒厂建在村头的一片滩地上，糖酒厂只在秋冬甘蔗收成旺季开机生产。这时节，偌大的厂房车间里寂静无声，锅炉房、榨汁机、蒸馏罐等一应俱全，糖坊间堆满等待出货、包装精美的糖盒，酒库里摆放着一排排一人多高、正在发酵的酱黄色大酒缸，似乎能听到里头咕咕冒泡的声响，空气里弥漫着焦糖和乙醇混合的甜香气息。我们在熬制车间见到那八口直径近两米的一溜连排的大铁锅，仿佛扎堆冬眠的大熊兄弟，只等秋风渐起大车丰收的甘蔗进厂，它们就会在酣睡中辗转醒来。万前糖酒厂至今沿用村民世代相传的古法技艺，使用八口连环锅手工熬制红糖，经过清洗、榨汁、开泡、赶水、出糖、打沙、成型等12道工序。万前百年蔗红糖成品虽甜度低于普通机制红糖，但保留了百年蔗汁中的有效成分，口感松软，甜而不腻，被称誉为"东方巧克力"。近年来生产的"百年蔗白酒""万前朗姆红

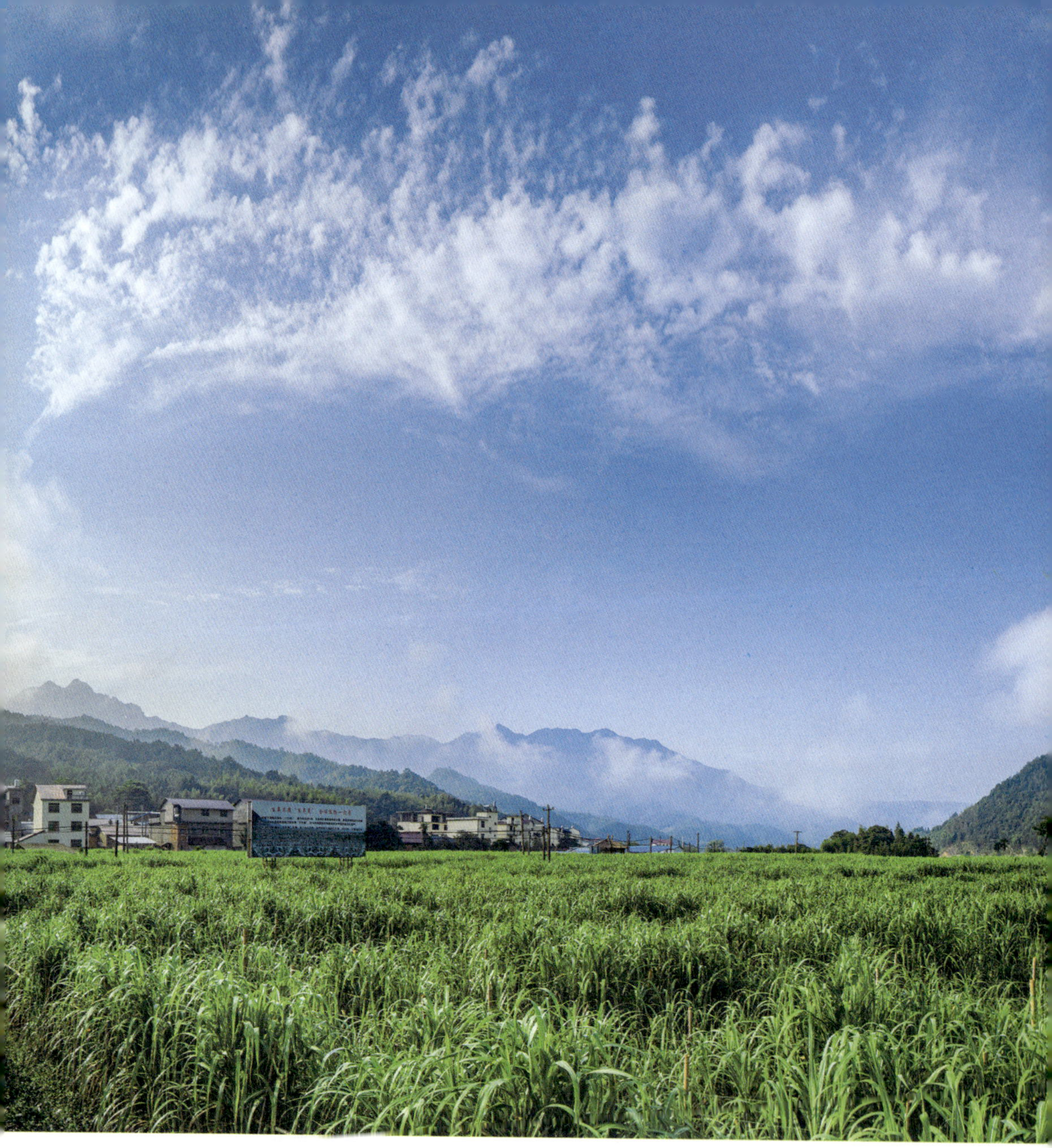

百年蔗（王大伟 摄）

酒"也在市场上声名鹊起,供不应求。村坊每年大雪时节一会举办"百年蔗开镰节",当日一大早,万前村的蔗农们在村后湛卢山麓的蔗神庙里拜祭完毕,便齐聚母蔗园旁的大片蔗地里,随着开镰的鞭炮锣鼓声炸响,男女老少欢呼雀跃争先恐后涌进丰收的蔗地,无数雪亮的镰刀打着嚓嚓的响哨上下翻飞,汁水飞溅,成排成行两米多高的粗壮甘蔗多米诺骨牌般应声倒地……这是怎样一个乡村的狂欢节日,我在心里祝愿:万前村蔗程似锦,甜蜜的事业继往开来。

有机茶"二王"

□ 王炳根

松溪地处武夷山山脉,自古便是产茶之地。松溪产茶的历史,或可追溯到千年以上,闽北茶叶志《建茶志》便有记载,简称为"建茶"。建茶的范围包含"北之建溪两岸及其上游,东溪之北苑,壑源和崇阳溪之武夷以及延平"。松溪地处建溪上游,唐代属建宁县东平乡,为建茶产地之一。松溪的产茶传统(尤其是绿茶与白茶)代代相承,成为松溪人的谋生方式与生活方式。1981年10月,全省茶叶工作流动现场会在松溪召开,时任省委书记项南对松溪的茶叶寄予厚望,"南有安溪、北有松溪",便是此公提出的。

我曾两度访松溪,感叹其生态环境与乡村建设之美之好,曾题写过"松溪瓦尔登,中国美乡村"。那时我刚从美国访问归来,那儿有条湖叫瓦尔登湖,美国作家梭罗的《瓦尔登湖》便是因描写此湖成了最早的描写环境保护的名著,日后被学界认定为"绿色圣经"。我绕行龙源茶山中的那条洁净之湖,便联想到了瓦尔登湖，尽管它们大小不一，但周边的环境、清澈的湖面、碧绿的山林、远近的鸟鸣、水边的昆虫声，多么相像。我写的文字，被文友发在网上，有人便四处打听，松溪的瓦尔登在哪？为何叫瓦尔登？其实，这只是表达我对松溪生态与环保的赞美。此外，我还著有一文《湛卢春》，就是写这款产于"瓦尔登"湖畔的有机之茶。

来到茶室，稍坐，主人取出茶来，一刻的工夫，有机的土壤、透明的空气、雨露霞翳、天光云影、采茶女的纤巧、制茶工的沉稳，在冲下第一注水之时，便一丝丝地流转开来、一片片地呈现出来、一层层地扩散起来。果然，真香似从远方飘来，若隐若现，若有若无。我凝神捕捉，极力识辨，当这种香气与我记忆中的各色茶香碰撞后，在我的记忆库存中留下了"湛卢春"独一无二的韵味：白毫纤巧微露的外形、在山泉沸水中渐张成朵、翠绿鲜润的色泽；香气清高，隐现时有，却是持久；入喉清韵十足，口感爽脆，入腹如吸自然之母的乳汁。难怪它在"福建茶人之家"的绿茶评定中获得金奖，可谓绿茶之极品也！

这是我十年前对绿龙湛卢春的描写，重访龙源茶庄，主人马上上新茶，取出九龙银针。老夫自称"茶人"多年，有些喝茶的经验，见那肥实的芽头，闻之干香，便知是款好茶。投入盖碗，汴水，外形芽头的白毫均坡，出水，观其汤色浅杏，鲜亮清澈，余举杯闻之，毫香清纯，啜之滋味甘醇，满嘴生津，且留有淡淡的栀子花香。真是好茶呀，绿龙的另一款好茶。茶庄老板谢荣富告诉我，上午还在紧张进行的松溪九龙大白茶第八届茶王赛，他所提交的参赛样本就是这款九龙银针。那时尚不知评比结果，但

松溪九龙大白茶（朱建斌 摄）

从他自信的表情中，似乎可以窥见一斑了。

无论是湛卢春绿茶还是九龙大白茶，首先是建立在"有机"之上的。这个概念的确立，始于谢荣富就读的宁德福安农校。那时，张天福是学校的第一任校长，他所推崇的生态茶园的观念，在学生谢荣富的心中播下了种子。当时所谓的生态茶园，就是从种植上做到"林中有茶、茶中有草，形成物种多样化"。自从承包了龙源的茶山后，谢荣富便秉承着这个理念来对茶园进行管理，茶山周围遍植枫树、桂花、杉木、松树等，茶园还套种乔木厚朴，行道路补种樱花、海棠、玉兰等。"这样既保持土壤的湿度和温度，又构成一道天然的绿色屏障，隔离了外界污染物的侵蚀。"谢荣富如是说。而在茶园，他特意播撒紫云英、三叶草、苜蓿等豆科牧草，定期进行人工割草、中耕除草，这样既能及时杀灭害虫，又能肥土蓄水。我在第二次造访茶园时，恰遇茶树行间的野草莓成熟，嫩绿的茶叶间以红彤彤的草莓，令人陶醉。谢总送来一个大提筐，我赶紧进入梯田式的茶行，脚一踩下，便可听到肥沃泥土滋滋的气泡声，长筒胶鞋便没了脚背。如此有机肥美的土地，能不出好茶？而那野草莓，不时便可采得半筐，不用清洗，坐在地头便可食之。

　　这次造访，在茶山行走的谢荣富告诉我，他原先用灯光捕虫，现在弃之不用了，因为灯光在捕捉害虫时，也捕捉了益虫，还是让他们相生相克，以虫治虫，保持自然的平衡；而对于杂草，也是要让其自由生长，不间断地进行人工除草、草秆覆盖、牛耕松土等，这种自然生态种植，使得茶园的土壤越来越肥沃，保持了有机的循环。所以在茶园完全不用农药、化肥、杀虫药、除草剂等，保持了良好的生态环境，也就保证了茶的高品质。2004年茶园通过瑞士生态市场研究所（欧盟EC标准）、德国色瑞斯（欧盟EC标准）有机认证，同时通过国内万泰有机认证，每年有30吨茶叶出口美国、加拿大及西欧各国，在中国北京、广州、上海、厦门等大中城市均有销售。

从龙源茶庄回到酒店的当晚，松溪九龙大白茶第八届茶王赛揭晓并举行了颁奖仪式。果然，龙源茶庄参评的"九龙银针"以98分的高分获得茶王称号。我并不感到意外，因为从龙源茶庄的有机茶园、从那简单而又精心的制作过程中，已经感受到作为茶王的诸种要素。九龙银针的茶王王冠称号，可谓是实至名归。令我高兴的还有，另一款参评的"白毫银针"，也以96分的高分摘得白毫银针组茶王的桂冠。

白毫银针茶王属松溪茗博茶业有限公司，也就是颁奖的当日上午，我正在这家公司访茶。站在九龙岗上，接待人员指着远近山间的茶园告诉我，这里都是有机茶园，不打农药不施化肥，加上地理位置与环境，白茶的质量是杠杠的。虽然松溪的白茶，知名度尚不如福鼎、政和那么高，但九龙大白茶的祖庭在松溪，在我们所站立的九龙岗。我仔细观察了眼前的老茶树，据说有一百多年树龄，当地村民与政府对其呵护有加。这呵护很重要的一点，就是保护其原生态，保护其水土与植被，让其得到自然的生长与发展。这个追求，恰恰契合松溪多年坚持绿色发展，坚持有机种植的理念之中。

据有关资料显示，松溪县以九龙大白茶为代表的生态茶，先后获评"全国绿色食品原料（茶叶）标准化生产基地""中国名茶之乡""中国茶业百强县""中国九龙大白茶之乡"等荣誉。截至2023年底，全县茶叶种植面积合计8.2万亩，其中绿色食品认证3.97万亩、有机茶园认证7200亩，全县共有注册茶叶加工企业

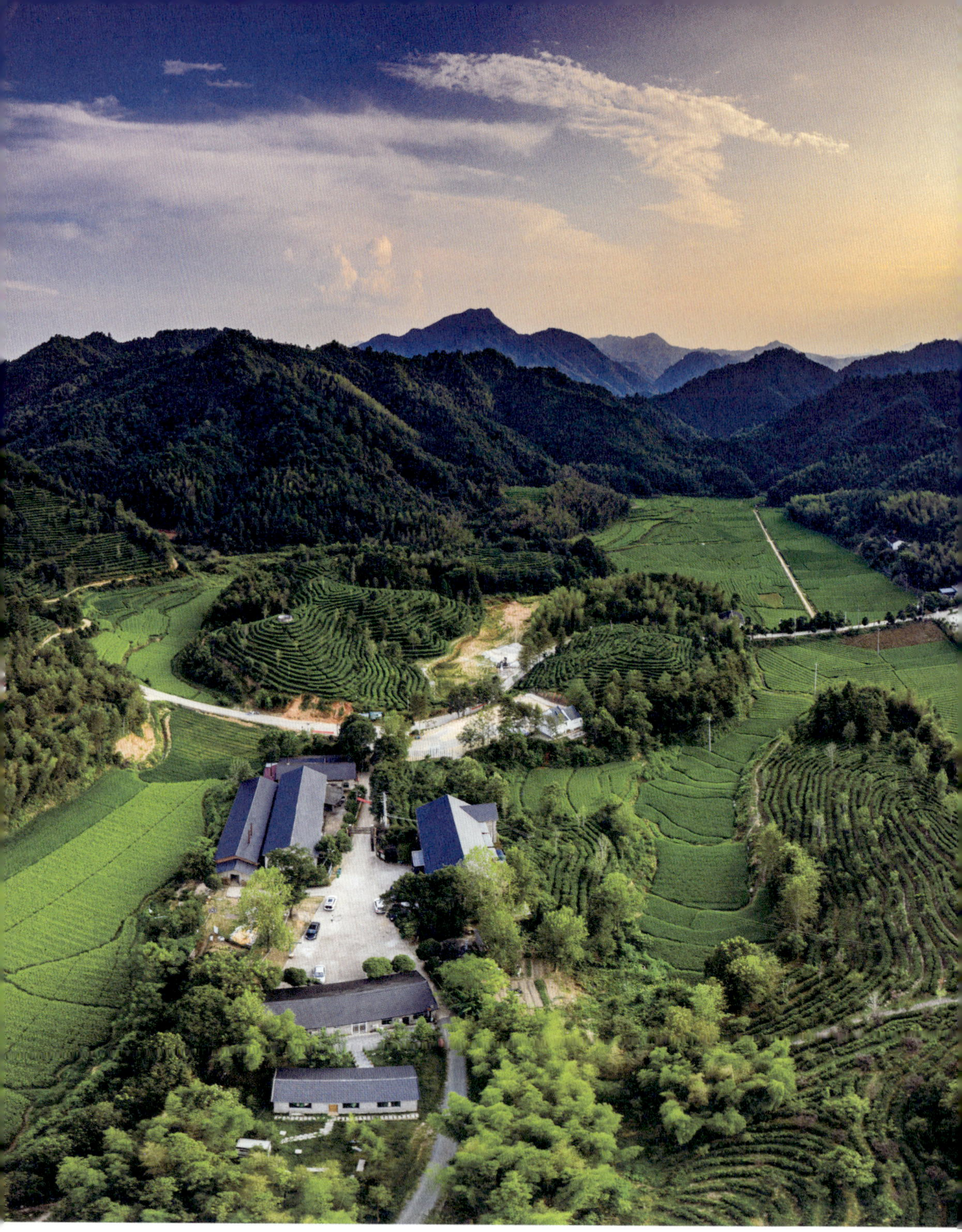

龙源茶园（王大伟 摄）

（含合作社）248家。2023年茶产业链综合产值突破26亿元，带动全县7.5万名茶农人均年增收超5000元，茶叶已成为松溪乡村产业振兴的"金叶子"。

在龙嘘工作室，九龙大白茶的守护人李光发正在与省农科院的专家探讨以九龙大白茶制作抹茶的构想，他认为这是白茶发展的一个方向，将九龙大白茶的抹茶，投入矿泉水瓶，轻轻一摇，便会冒出泡沫，饮之，如啜甘霖。我在一旁，要了一小杯，果然清爽、甘甜。之后，李光发开了他的四驱越野车，带我上了白云岩的有机茶园。

白云岩的海拔并不高，但属于未开发的山野，道路便是李光发等茶人上山时，车轮碾出来的，一路高低、坑洼、山石、泥泞，完全无规则，坐在车上，上下颠簸，如同腾云驾雾。直至山巅，人已昏昏然，但下车往下一看，我立时神清气爽。不说这丛山密林中的负离子多少，仅是那个沿山而下一坡山场，腾腾地散发着清新的茶青香，就让你飘然神旷。李光发告诉我，这是他的高山有机茶园，虽然只有163亩，每年从这里采出的鲜叶制作成的白茶，可以源源不断地供应市场。

说到晚间即将揭晓的松溪第八届茶王赛，李光发说，他所提交的参评样品，便始于这个山场，经过复式萎凋与二次转换烘干，松溪九龙大白茶更显花香，那种淡淡的栀子花香，我们称之为"九龙韵"。

果然，功夫不负有心人，精心呵护的高山有机茶，让李光发登上白毫银针茶王的宝座，更让他的白茶，香飘万家。

生态"密码"

□ 戎章榕

福建是全国首个国家级生态文明试验区，闽北则是全省生态最好的区域之一，而松溪则是闽北首个国家级生态县。松溪县的生态环境不仅在闽北，即便是在福建也是名列前茅的。

早在2016年10月，松溪就晋级闽北首个国家生态县，之后又被命名为国家生态文明建设示范县、美丽中国·深呼吸小城、中国最佳绿色生态旅游名县等多项国家级荣誉；2023年10月荣获全国"两山"实践创新基地。

在县情介绍会上，我们观看了一部9分钟的电视片《山水绿城，甜美松溪》，就是当年申报"两山"实践创新基地的汇报片。

看完片子我颇有感触，生态文明也好，美丽中国也罢，不断探索生态价值和生态优势转化的有效路径，最终还是要将"绿水青山"转化为"金山银山"，不断增强老百姓对福山福水的认同感和归属感，不断增强老百姓日益增长的获得感和幸福感。

"百里松荫碧长溪"是古人的赞美,"明月松间照,风静听溪流"则是今人的评价。古往今来,松溪就是山翠色欲流,水清澈明丽,不愧为"山水甲闽中"。如何在发展经济的同时,保护好松溪这块风水宝地的生态环境?怎样从"含绿量"转换成"含金量"?我试图以点带面解开松溪的生态"密码"。

两座茶园:不同风景一样的追求

产业是"两山"实践创新基地的基石。茶叶是松溪一大支柱,绿色是茶业发展的底色。

我来到茶平乡万亩茶园(实际近2.5万亩)。从山脚一路蜿蜒向上,小车穿行于绿色之中,新鲜的空气令人神清气爽。登上观景亭,放眼望去绵延不绝、层绿叠翠、规整的呈几何造型的茶山像是茶农手下的艺术品,整齐划一不失灵动变化。万绿丛中,一行红色标语牌格外醒目"特色循环优质高效示范茶园",这是农业农村部该项目的试点之一。为此,松溪县引入了中国工程院院士陈宗懋团队,采用病虫害绿色防控模式,持续推进微生物土壤等技术标准种植,并辅以新植樱花、紫薇等名贵树种,是全省最大的连片生态茶园。2023年11月,福建省委书记周祖翼来松溪调研,与茶农代表、科技特派员、乡镇村干部就围坐在这个名为"剑山茶乡讲习亭"里,共同探讨怎样进一步打响"生态好茶"的品牌。

当日下午,我又来到祖墩乡龙源生态有机茶园,这里与万亩茶园有着截然不同的风景。同样是登临茶山观景台,抬望眼不见一垄垄的茶园，只是葱茏葳蕤的套种厚朴、红叶李、桃树等落叶树种，行道旁还种樱花、海棠等观赏树种。走近一瞧，茶树边杂草丛生，不时见有蜘蛛网缠绕，七星瓢虫、中华叶蚜等爬行，原来这里的茶园呈现的是"头戴帽、腰缠带、脚穿鞋"教科书的风景。龙源茶园曾被评为南平市最美生态茶园，美在人在草木间，林茶草共生。据介绍，申报"两山"实践创新基地的专家组原先并没有安排参观，是县长吴英杰力邀，当大家看到这里是以综合生态之间的平衡和谐的方式，来提高茶叶品质和质量的安全性，都大为赞叹。

两座茶园，风景各异，但追求一致，都是利用生物多样性防治病虫害，都是以"去农残、促有机"为目标。松溪茶企送检、部门抽检的茶叶经国标50项检测后，品质均达到国标要求，龙源茶业还通过了德国色瑞斯（欧盟EC标准）、美国农业部（NOP）国际有机认证。在全县8.2万亩茶园中，其中绿色食品认证3.97万亩、有机茶园认证7200亩，是全市首批"全国绿色食品原料（茶叶）标准化生产基地县"，并先后获得"茶业品牌建设示范县""中国茶业百强县""茶叶出口基地县"等荣誉称号。松溪茶产业链综合产值突破26亿元，带动全县茶农人均年增收超5000元。

尤为可喜的是，松溪县不仅将"一片叶"做成"一条链"，还将"三茶"统筹发展理念，从"一片叶"延伸到"一根蔗"。松溪县"百年蔗"其宿根寿命至今已近三百年，入选第六批中国重要农业文化遗产名录，靠着科技赋能、文化赋魂，"百年蔗"从原产地的0.7亩扩大至全县2000余亩，并延伸其产业链、价值

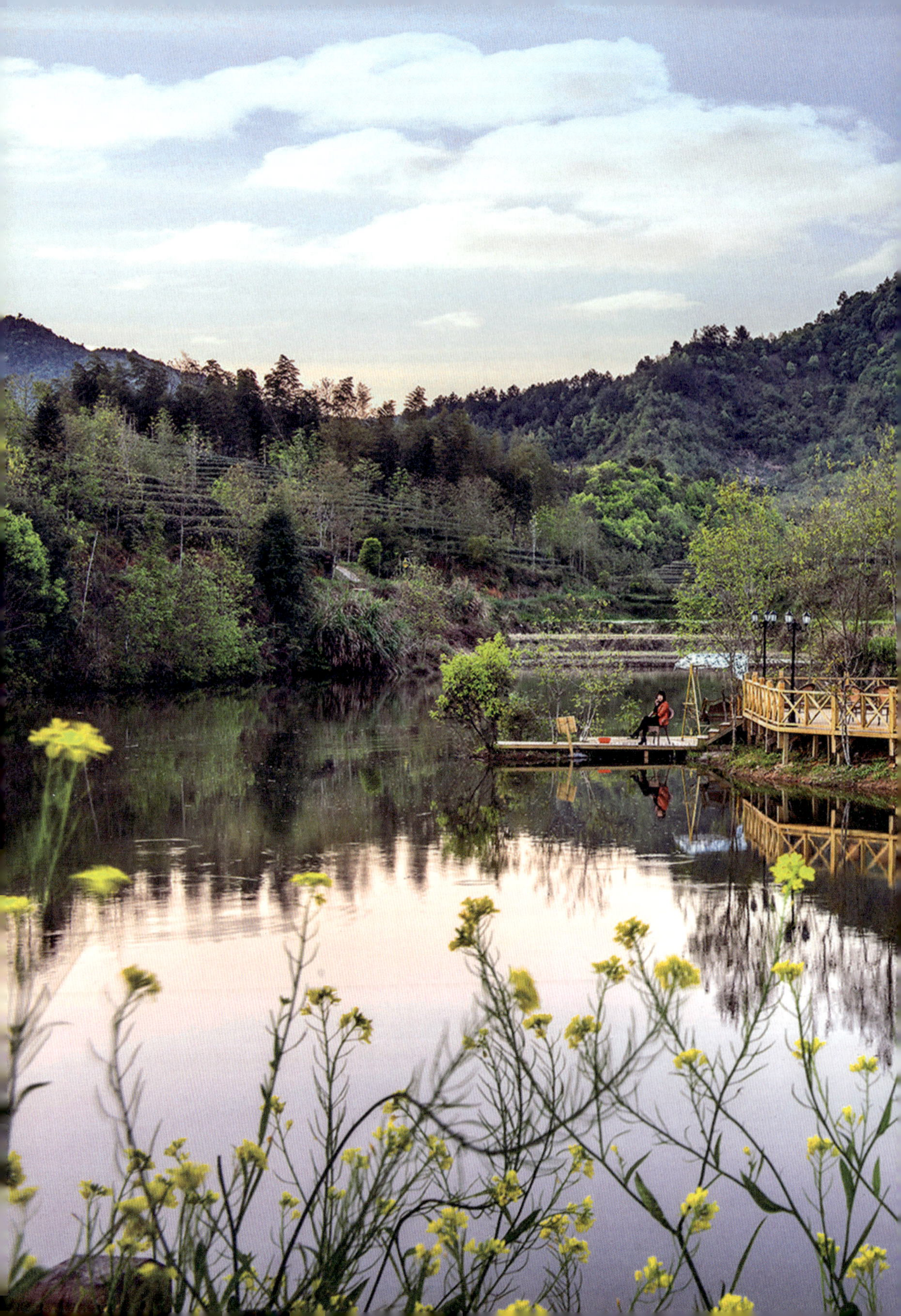

祖墩龙源茶庄（高天明 摄）

链，从单一产品红糖到研发出茶点、饮料、蔗酒等多元产品，不断提高其附加值。

两座村落：相同振兴不一样的呈现

乡村振兴是"两山"实践创新基地的试金石。

梅口埠景区是松溪县唯一的4A级旅游景区，坐落在郑墩镇梅口村。梅口埠始建于宋代，形成于明洪武年间，是闽北河运最繁荣的商品集散地码头之一，也是万里茶道一个重要的节点。1958年松溪公路通车，河运日渐中落，老百姓生计受到影响，开始陆续搬离沿河老宅，梅口埠在萧瑟的寒风中渐渐荒废。2013年，县农业部门立项着手实施老宅基地复垦项目，在前期作业中发现了几条古巷道，立即上报县委县政府。经当年县委县政府主要领导实地查看后，立即，变更启动美丽乡村建设项目，先是引入民间资本，复建了几幢古民居，使其古韵犹存。2018年至今由县政府主导正式启动梅口埠景区建设，古巷道、古民居、古戏台、老茶楼、老酒坊……徜徉其间，不难体会昔日"梅口地上净是油，三天不驮满地流"的繁华景象，成为知名的影视外景拍摄基地，业已投拍13部影视作品。尽管现由县旅游开发建设公司运营，但老百姓也陆续回归，摆小摊、开饭店、做民宿……让乡愁变"流量"，将网红变"长红"。

与梅口村同为省级传统村落的茶平乡吴山头村，坐落在湛卢山的半山腰，不同的地形地貌，依山而建，因地制宜找到了乡村振兴之路。吴山头村如今是湛卢山美术写生基地、摄影基地，

梅口古埠全景（王大伟 摄）

福建省首个诗歌村也落户于此。能够被授予福建省特色文艺实践地，固然不乏原生态山水的保留、修旧如旧的修缮、村容村貌的整治等，还有遍村的古树林：春季有椤木石楠的白花和红色嫩叶，秋季黄连木橙黄或鲜红色叶子与南方红豆杉红色果实的相映成趣，冬季椤木石楠常绿叶片并缀有黄红色果实，观赏性高，美不胜收。来吴山头村，春夏之交，花果满坡争娇，令人陶醉；秋天榛栗散落山间，伸手可得；即便相约在冬季，银装素裹，恍如梦境。吴山头村已然绘就了松溪县提出的"季季有花，处处有景"的生态新画卷。

不论是梅口村还是吴山头村，都注重对古树木的养护。梅口埠拥有108棵古樟树，是松溪县保存最为完整的古樟树林。2022年6月松溪发大水，是古樟树挽救了下游的一片宅子。同样，在吴山头村，有南方红豆杉、香樟、椤木石楠、黄连木等古树46株，其中一棵树龄长达1500年以上。为什么说松溪是"洗肺天堂""天然养生馆"？很大程度上得益于松溪境内的这些古树。诚然，古树生成的生态环境，不是一朝一夕形成的，而是群众保护意识的根深蒂固。

据县里材料记载，1997年3月，时任福建省委副书记的习近平同志在松溪渭田镇巨口村调研时，看到后山350亩风水林时指出"这片林很好，山好水好空气才会好，这片山山水水一定要留好"；当得知村里通过家家户户签字订立"谁砍树，就罚谁家杀猪分猪肉给村民"的规矩，且大家都非常自觉遵守这个村规时，他高兴地说"这样的村规民约很好，要提倡，要坚持"，指导要充分利用村规民约，来守护青山绿水。

松溪是一座山水相依的绿美小城，有山，海拔千米以上的山峰有40座，主要有湛卢山、龙头山、白马山、百丈山等；有水，主流松溪，主要支流有：杉溪、渭田溪、七里溪、新铺溪、外屯溪等。习近平总书记在闽工作期间曾两次深入松溪调研，围绕生态环境治理、森林资源保护、农村经济发展三个方面为松溪因地制宜走绿色发展道路指明了方向、提供了遵循。如今松溪以获评全国"两山"实践创新基地等荣誉称号为契机，积极探索"守绿换金"和"添绿增金"发展新模式，逐"绿"前行，进步打通"绿水青山"转化"金山银山"的有效路径，力争为福建省生态文明试验区提供松溪样板。

只为一杯好茶

□ 何 英

一杯茶，代表一个地域的文化。一杯好茶，代表本地茶人的精神风貌。

假如你有机会在松溪品一杯好茶，只要静心尽兴，必能如愿。

古人有"一碗喉吻润，二碗破孤闷"流传千古的《七碗茶》诗。今天的你，在松溪品茶，那"喉吻润""破孤闷"的心境，必让你满载而归。

一杯茶一首歌

松溪在武夷山脉的北端。到了这里，无须寻觅便可放缓脚步。热情的村民招呼一声"吃茶"，随意抓一把，大多是九龙大白茶。

你若不太熟悉九龙大白茶的分类，主人会详细介绍：白茶类的"银针",是采摘刚冒出来的第一株芽尖制作而成的;"牡丹",则是采摘的一芽两叶;"寿眉",便是采摘的有芽有叶有梗的。

"贡眉",本地人称之为"小菜茶",是在自然界天然发芽长成的。细心的主人还会真诚地告诉你,清明时节采摘的最佳。而且内行的人说,清明节前三天和后三天采摘制成的茶,色泽和意味都会有所区别。

主人邀你泡九龙大白茶时,好茶者轻轻地捧一把凑近闻闻,微闭双眼,深深地猛吸几口,茶香的毫香蜜韵、鲜甜甘醇即刻通过血液通向全身,舒展筋络,心旷神怡,思绪马上飘向遥远的地方。

九龙大白茶,因生长的地域而命名。九龙岗,却因山形地貌似九条龙卧在村庄而称之。

九龙大白茶的最早产地和现在的核心产区是源头村。源头村,源于每道山脉都有丰富的山泉水源而称之。后因县里开公路要通班车,将这个村的村名改为源头村。

相传,很久以前,村民李大母子相依为命。一天,李大上山砍柴遭遇猛兽,顿时慌了手脚。刹那间,他想起家中还有老母靠他侍奉,决心舞刀与猛兽搏斗。

李大不知从哪来的力气,将猛兽的前爪砍成重伤后,猛兽逃逸,李大也因耗尽体力晕倒在地。

过了好一阵,李大似乎听到了母亲站在家门前的呼唤,可是体力不支无法动弹。这时,他想起母亲常说的,在外饥饿无力时,摘片树叶嚼一嚼,只要不是很苦的都可以,"嘴动三分力"呗。

李大伸手在身边摘了几片树叶往嘴里送。未料想,这树叶嚼后虽然带有微微的苦涩,但喉咙即刻清爽甘甜,全身有了气力。于是,李大踉跄着再摘了一把边走边嚼回到了家。

从此,李大每年上山都会摘一把这种树叶,用芒萁骨杆串起来挂在家门前。到了大夏天,他将这晒干的树叶煮一碗水。慢慢地李大发现,春天采摘来的树叶煮水喝比较顺口,秋冬时节采摘的口感就稍差些。

说来也奇怪,李大的老母亲有时不太舒服,喝了这树叶汤后有奇效。

渐渐地,有外村的过路人来这里时,李大煮上一碗树叶汤,得到人们的感激。

后来,"李大的树叶汤"就这样传到了各地;再后来,被内行人认定为九龙茶。

今天的这个故事,成为松溪九龙大白茶传给人们的一首歌唱中华孝敬的传统文化和敢于拼搏的颂歌。

一杯茶一种情

福建是产茶的重要省份。八闽大地无论你走到哪里,都有各具特色的茶。

松溪的一片树叶,成为当地亮丽的风景。

松溪茶人,十分珍惜九龙大白茶这张名片。2019年被海峡两岸茶叶交流协会授予松溪"中国九龙大白茶之乡"和聚集产区。

这里的九龙大白茶，是自行选育的优良茶树品种，因其鲜爽甘甜、物质丰富，被专家称为"白茶中的王子"。

史载，松溪的九龙大白茶的母树1868年在井窠自然村，由村民在山上发现茶树后，1962年从井窠村移植母树到九龙岗，起初民间称为"九龙茶"。

再后来，先民在这里开始了"自置物业田地山"，种植茶叶，迎来唐陆羽"往往得之，其味极佳"的赞誉。慢慢地，就有村民从外地传入简单加工后的茶叶，送去集市交易。

成长于斯的人，曾聆听爷爷胡子里那一茬又一茬关于古茶树

早秋茶乡（王大伟 摄）

的故事，还听说那白马山古道上烧茶桥的茶灶、茶桶，为过往行人及耕樵者施茶的煮茶习俗，是从源头村延续外传的。

在源头村，村民们会掰着指头说：20世纪60年代，双源村九龙岗上数十株百年老茶树，因叶片硕大、毫心肥壮、茸毛洁白，遂被公认为松溪茶产业的品牌。

松溪的九龙大白茶，凝聚松溪世代茶人的智慧，浸透了茶农的汗水。今天的九龙大白茶，是松溪茶农与外地人情感交流、友谊升华的见证。在松溪，茶农奉献的一杯好茶，体现了茶农的心境内涵，映照着茶农的人生世界。

有人说，人生就如一杯茶，苦涩中带着一抹甘甜和一缕清香。在松溪心平气和地品九龙大白茶，你可以随时随地，像原始的茶树那样以天为房、大地为床，以大自然的万物为衣，岩石当枕，云雾当被，任凭思绪奔向太空。此时的你，会感觉到以露珠洗面，吸大自然之灵气，取自然界万物之精华。

当思绪飞过崇山峻岭，飘过海洋，你惦记的还是松溪那杯九龙大白茶。其汤，初遇芽壮毫显，似乎在世界独显豪壮，不带任何杂念。再闻，汤水鲜爽甘醇。慢慢地品，毫香蜜韵、鲜甜甘醇、回味生津。其韵，令人搜肠刮肚也难以文字准确地表达。怪不得专家们称之为"行走的氨基酸"。

当然，松溪的茶人都说，制茶和品茶的同时，人们也在品味自己的人生。因此，有人说没有品饮过茶的人生，觉得多少会有点遗憾。

朋友，请抽空到松溪品一杯好茶。

只为一杯好茶

在近代的文明传播中，村民又将茶开辟为"七宝"之一，凡盖屋上梁、新居垒灶之际，必置一个"七宝袋"以祈家庭的吉祥富足。再慢慢地传续，便有了敬茶待客、奉茶孝亲、供茶敬祖、纳茶缔婚、以茶入膳、捣茶疗疴、品茶修身习俗在周边传播。

随着时代的发展，"无茶不成礼""无茶不成俗"便成为松溪民间的友谊象征。

松溪的白茶王子九龙大白茶，具有产量高、品质高、效益高

九龙大白茶母树基地（朱建斌 摄）

的特性。据权威茶叶质量监督检验测试中心检测，精品九龙银针水浸出物48.3%、茶多酚18.4%、儿茶素总量12.39%、游离氨基酸5.9%、咖啡因4.0%。有专家评鉴，松溪的九龙大白茶，因其生态环境好、基因资源优异，在白茶的26个品种中氨基酸含量最高，极适合制作高档白茶。

民间茶人则认为，生长于松溪的九龙大白茶，具有"家境好、基因优、形英俊、富内涵"四大独特之处，其香气高扬，内质多样甘、醇、鲜、爽而具赋予茶的爱好者迷人的魅力，走出了一条茶产业的亮眼发展道路。

初夏时节，我来到位于新铺村"柯厝里"的福建茗博茶业有限公司的所在地。远看，厂房周边的成片似某种略带赤色的花卉。走近，才得知是叶面布满了星星点点被虫咬过失去了叶片肉质细胞、只留叶子筋络枯残的野草。我稍站片刻，深深地赞美大自然鬼斧神工的同时，感叹这些便是该企业"多年来一直坚守传统的原生态种植和制作九龙大白茶"最有力的佐证。

主人让我们品茶后，领我们到白云岩大山的深处，那里是他生态茶的种植基地。现在人们的生活品质提高了，产茶人也更重视生态环境。因此，公司的宗旨是坚持一心一意只为一杯茶，品种选用本地母树的基因传承，管理中严格标准，施肥只用豆饼和本地茶园的草等堆沤发酵以改良土壤，不施化肥农药，坚持只为一杯绿色生态茶。

他们制采茶用传统的生态制作，采摘后进行复式萎凋、烘干让茶叶自然转换。而且采摘的茶青，一定要在一个小时内送回。

主人还介绍，他从父辈的15亩茶园到现今的数千亩茶山，承载的是传承了百年的技艺和心血。他的愿望：坚持有机农法种植，有机生态管理茶园，有机生产标准为准则，传承生态种植，有机农法，顺应四时耕法，春时采制，夏秋养树，冬休野长的理念。

松溪的今天，九龙大白茶，成为十里茶画，百里茶香，成为人们繁忙节减中的心灵鸡汤。

朋友，热情的松溪人等待你的到来！他们正用茶人智慧和汗水，"把茶泡开，把事说开，把心结打开"。在这里，你可随意在阳光或树荫下品茶。入夜，你可邀请友人在月光下，捧上一杯好茶，静心品味，共同穿越时光，与中华优秀的传统文化，去寻根对话。

红色源尾的振兴

□ 李晟旻

正是烟叶生长的季节，烟田一路绵延，明晃晃地占据了视野的大部分。我沿着烟田穿过一座廊桥，走过一段平坦小路，直到那座石碑。石碑高不过一米，却在甲墙村口伫立了30多年，纪念的是70多年前的那场交锋。闽北深山，战火尚未来得及波及，却也贡献了另一番战场，悄无声息的争锋，你来我往的拉锯，硝烟隐藏在字句之后，博弈透过文字弥漫，日月轮换，在子夜时分总算达成共识，国共合作，团结抗战。

从村口进去的第一个斜坡边就是那座民宅，土砖，黑瓦，木板墙，从清朝末年便立在那儿。当年的那场交锋在正厅进行，两张四方桌，两张长条凳，一盏煤油灯，见证了那场艰难的谈判，也见证了抗战史上的一个重要转折。

因卢沟桥事变而起的日本侵华战争，让中华民族陷入生死存亡的危急关头，抵御外敌，国共合作是当务之急，也是有力手段。可国难当前，国民党当局仍旧坚持反动方针，而中国共产党则以民族大义为重，排除万难，积极促成国共合作。根据中共中央抗日民族统一战线的政策，中共闽东特委书记王助以闽东北分区抗日军政委员会主席兼闽赣省抗日军政委员会的名义去函国民党松溪县政府，宣传抗日救国主张，表达合作抗日的诚意，并要求就停止内战团结抗日进行谈判。复杂曲折的谈判从早上持续到子夜，再到第二天双方代表在协议上签字生效，甲墙谈判宣告成功，也有力促进了建松政地区国共合作抗日的局面初步形成。

甲墙村是松溪县源尾村下辖的八个自然村之一，作为革命根据地的甲墙，群众基础稳固，加之背靠大山这一地理优势，遇到敌情便于撤离，因此被选为谈判地点。作为谈判旧址的这座民宅，如今已被作为"甲墙国共谈判旧址纪念馆"供人参观，可似乎它并没有一座"纪念馆"该有的模样，房屋是矮小破旧的，桌椅、墙板和楼梯吱呀作响，煤油灯锈迹斑斑，墙上挂着蓑衣，屋后堆满木头和废弃的农具，甚至还有一个半倒塌的灶台，三开间的屋子。除了正厅外，其他两个房间的墙上挂着甲墙谈判的相关图片和文字资料，找不出什么崭新的东西，一切都是简易、陈旧灰蒙蒙的。说这是一座纪念馆，好像确实与我们认知里的纪念馆大相径庭，但它对历史的纪念却也是切切实实的，当我们走进真实的历史现场，触摸见证历史的老物件，哪怕布满尘埃和败落的痕迹，都是历史留下的珍贵足迹，这难道不是对历史最真切的纪念和感受吗？

时光流转，岁月交替，70多年前，祖辈们在这里英勇地闯出一片天地。70多年后的今天，作为后人的我们回到这里，回顾他们的艰苦卓绝和无畏顽强，空间不曾改变，而在同一空间里将不

源尾村（朱建斌　摄）

　　同时间的我们相联结的，是代代相传的历史，是祖辈为我们留下的这片土地江山，也是我们对他们的缅怀和追思。

　　从老屋出来，再看看屹立村口的那座石碑，历史似乎有了更加真实的意味。

　　再一次穿过那片烟田，不过三五分钟车程，便拐进源尾村。同为源尾行政村下辖的八个自然村之一，源尾自然村与甲墙大不相同，"不同"从村口开始就展露无遗。一座"草根文苑"沿着村口的斜坡道向上延伸，绿色的门框窗框映衬着白墙灰砖，让这座崭新的建筑透出朴实无华，建筑外围用干净平整的石条和鹅卵石做装饰，有无名野花从石缝中探出花苞，一幅清新自然的农村景象。

不难发现，如果甲墙村展现的是历史，是土墙黑瓦的古朴原貌，那么源尾所展现的是现代，是振兴，是旧貌换作的新颜。

最直观的是3D墙绘，大手笔地占据着整面的房屋外墙，画不尽看不完似的，让人永远猜不到下一个拐角或斜坡处会出现怎样的画面。画的都是最生活化的场景，小卖部门前的孩子、农村书屋里阅读的学生、裁缝铺里挑选衣服的顾客、邮局门口的邮筒和邮政单车，甚至甲墙谈判时国共双方代表握手达成共识的画面也被栩栩如生地展现；还有源尾车站，一列绿皮火车正穿出隧道，好像要驶出墙面，驶向房前驻足的人们。

都是农村最常见的民房，木门，卷帘门，不锈钢防盗窗，油漆脱落的墙面，再旧一点的甚至连油漆都没有，完完全全的水泥浇灌，灰扑扑地立在那儿，了无生机。本是最普通不过的一幅农村景象，谁也不曾想，用绘画将破旧空荡的墙面填满，村庄竟变成了另外一种模样，色彩斑斓的墙绘与农村的原始景观相映成趣，也让朴素古老的村庄焕发出新的生机。歪打正着，并不以旅游为主要产业的源尾村也因此吸引不少游客前来，墙绘竟也让这里成了网红打卡地。

源尾振兴发展的触角还未向旅游业伸展，但在生态资源的发展上，源尾已经开始枝繁叶茂。一路相伴而行的烟叶田便是其中之一，烟叶田里，长势喜人的烤烟似层层绿浪，随风轻摆摇曳。每到六七月烟叶采烤期，烟农们穿梭在烟台和烤烟房之间，采摘、捆扎、搬运、烘烤，烟叶从翠绿色变为金黄色，烟农们也收获了属于他们的金山银山。

地处山区的源尾红色土壤分布广泛，这为野生苦笋提供了得天独厚的生长条件，在源尾村的山林里，成片的苦竹林顺着山势蔓延，蔓延成源尾村最拿得出手的一张金字招牌。苦竹林产出的苦笋径大肉厚，口感鲜脆，微苦中带着鲜甜，在各个种类的竹笋中是独一份儿的。它们不仅被摆上餐桌，烹饪出独具当地特色的农家美食，也被加工成笋制品，苦笋从竹林走进车间，又从车间走向货架柜台，走向更加广阔的外面的世界。

对生态资源的开发利用，让源尾村被冠上"第一批国家森林乡村""省级文明村镇""乡村振兴实绩突出村"等称号。而源尾之所以能如此高效快速地振兴发展，与"党建"脱不开关系，源尾村基层党组织建设以一套"源尾经验"，让这座曾经隐藏深山无人问津的村庄崭露头角，无论是村容村貌，还是乡风民俗，抑或是为村民谋福利，源尾都一步一个脚印地走在独属自己的道路上。

说到党组织建设，源尾的历史渊源颇为久远，本来就是革命老区，还有载入党史的甲墙国共谈判旧址，一直以来源尾都重视党员队伍的建设。正是以甲墙国共谈判的时间1973年11月28日为历史坐标点，源尾村将每个月的28日确定为村支部主题党日，一个名为"相约二八，引领新风"的党建工作机制一经推出，整个村庄都开始朝着更加积极的方向发展起来。

道路两旁的树木该修剪了，村口需要一个候车亭，东家的毛竹被人砍了，西家门口的垃圾臭气熏天……大到村里的环境整治、产业发展，小到村民的个人需求，都可以是主题党日这天的议题。干部群众围坐一堂，几杯热茶，几把凳子，群众畅所欲言，党员干部虚心听取。群众的困难要解决，群众的好建议要采纳，党员活动实实在在地服务人民、关照人民。

为人民服务不是嘴上说说而已，要想让群众信服，党员首先得自己动起来。"门前三包"，村民不扫党员扫，随时随地捡垃圾，村民不捡党员捡；违规建筑，村民不拆党员的先拆。在党员的带领下，村民也自发地行动起来，原先臭气冲天的猪圈、旱厕和杂物间不见了，杂乱无章阻碍通行的遮雨棚拆除了，村道从坑坑洼洼到开阔平坦，村容村貌开始了蜕变和新生。

甲墙的红色历史，源尾的振兴发展，两个紧密相连的村落好似前世与今生，党的艰苦卓绝、冲锋在前和一切为人民群众为中心的信念延续到今天，仍然在基层党的建设中发挥重要作用，

松溪国共合作谈判纪念碑

在党支部的引领下，在党员们的以身作则下，村庄整洁美观了起来，村民收入增加了起来，大家的积极性和自主性被激发了起来。

乡村振兴了，生活富裕了，但世世代代赖以生存的根本并没有被遗忘，在由村里党员免费提供的"草根文苑"里，展示的满是旧时代的农具厨具、生活用品和生活场景，真实的器物和怀旧的空间让人结结实实体验了一把农耕文化和客家文化，感受了先民祖辈的生活智慧和处世哲学，这也在提醒着后世的我们，根不能忘，本不能丢。

烟叶田一路蔓延，硕大的烟叶随风飘摇，等待着即将带来的收割季，从江西引进的马家柚已经在此生根多年，成熟的季节还未到来，柚子树正在为年末的丰收做着准备。无论是甲墙村口年久沧桑的"甲墙国共合作谈判旧址"纪念碑，还是源尾村口整洁如新的"草根文苑"，历史与今天，动荡与和平，我们都应该了解，我们都不能忘却。

茶园遐思

□ 黄莱笙

茶园茶园，茶的家园。室内品赏茶道久了，我总会猜想，这些离开乡野来到茶壶茶盏里的叶子原本住在哪里、它们的家是什么模样呢？于是，我就喜欢探访山野茶园，寻觅茶道的上半截子。苏轼诗文里有多篇对建茶的赞颂之作，据《建茶志》记载，松溪亦属建茶主产地。来到松溪，自然要去领略一番远近闻名的茶平万亩茶园。巍巍湛卢山横亘松溪，春秋时期欧冶子在此铸成天下第一剑，当地人称之剑山，不到湛卢山等于没来过松溪县。茶平万亩茶园位于湛卢山脚，据说剑山深处尚存古代摩崖石刻"香岩茶记"四字，山下茶平乡现有茶园3.5万亩，占全县一半，不到茶平不知松溪茶的前世今生。

其实，茶不仅仅是用来品的，也是用来看的。书本记载的传统茶道只是品赏茶韵的说法，从味觉滋生万般情致，而那些套路仅仅发生在茶成品范畴，显然颇有局限性，它只写了下半截；真正的茶道应当还有上半截，那就是茶青的原生态，观赏叶子们的家园景象，从视觉展开无边的遐想。茶平万亩茶园建造了不少观景台，我直奔最高的一座空亭。放眼环顾，茶园近处有如工笔勾勒般发散着无数弯曲的茶畦线条，缭缭绕绕地渐伸渐远，消失在山坡后边，几片水洼地亮晶晶的晃乱了流云和飞鸟的影子，远天被耸进苍穹的湛卢山峰挡去了小半面，似乎莽莽苍苍地昭示着这片茶园与众不同的立地不凡。置身空亭，强大的茶树气息写意般裹挟周身，袭袭馨香，郁郁清香，沁人心脾，妙不可言。举凡茶痴皆有体会，茶道在品赏与观赏之间，贯串味觉与视觉的还有嗅觉审美，那就是闻赏，用鼻尖来辨识茶趣。户外闻香更识茶道，一如这茶平万亩茶园的满山气韵，天然地催发愉悦的灵感。

　　下得亭来，漫步茶园，我远望湛卢山苍茫雄姿，近观斜坡叶子优雅秀色，山风清凉地抚过脖颈，灵台上渐渐就延展出第六感觉，似乎茶气与剑气纠缠弥漫。

　　关于茶气，千百年来尚未发现体系完整的研究专著，基本散见于各类诗文茶论，零散之中不乏独到见解。唐代卢仝《七碗茶歌》说的是茶气的文化体验："一碗喉吻润，两碗破孤闷。三碗搜枯肠，唯有文字五千卷。四碗发轻汗，平生不平事，尽向毛孔散。五碗肌骨清，六碗通仙灵。七碗吃不得也，唯觉两腋习习清风生。"宋代苏轼亦有"清风击两腋，去欲凌鸿鹄"的茶气描绘，并赞曰"何须魏帝一丸药，且尽卢仝七碗茶"。卢仝对下半截茶道这种时空交叉的茶气感应，堪称境界，精彩传世。茶平万亩茶园的技术指导人是中国工程院院士、中国茶学学科带头人陈宗懋先生，他主编的《中国茶叶大辞典》认为，茶气既是蒸煮茶叶的热气，又指蒸气辨汤，也指

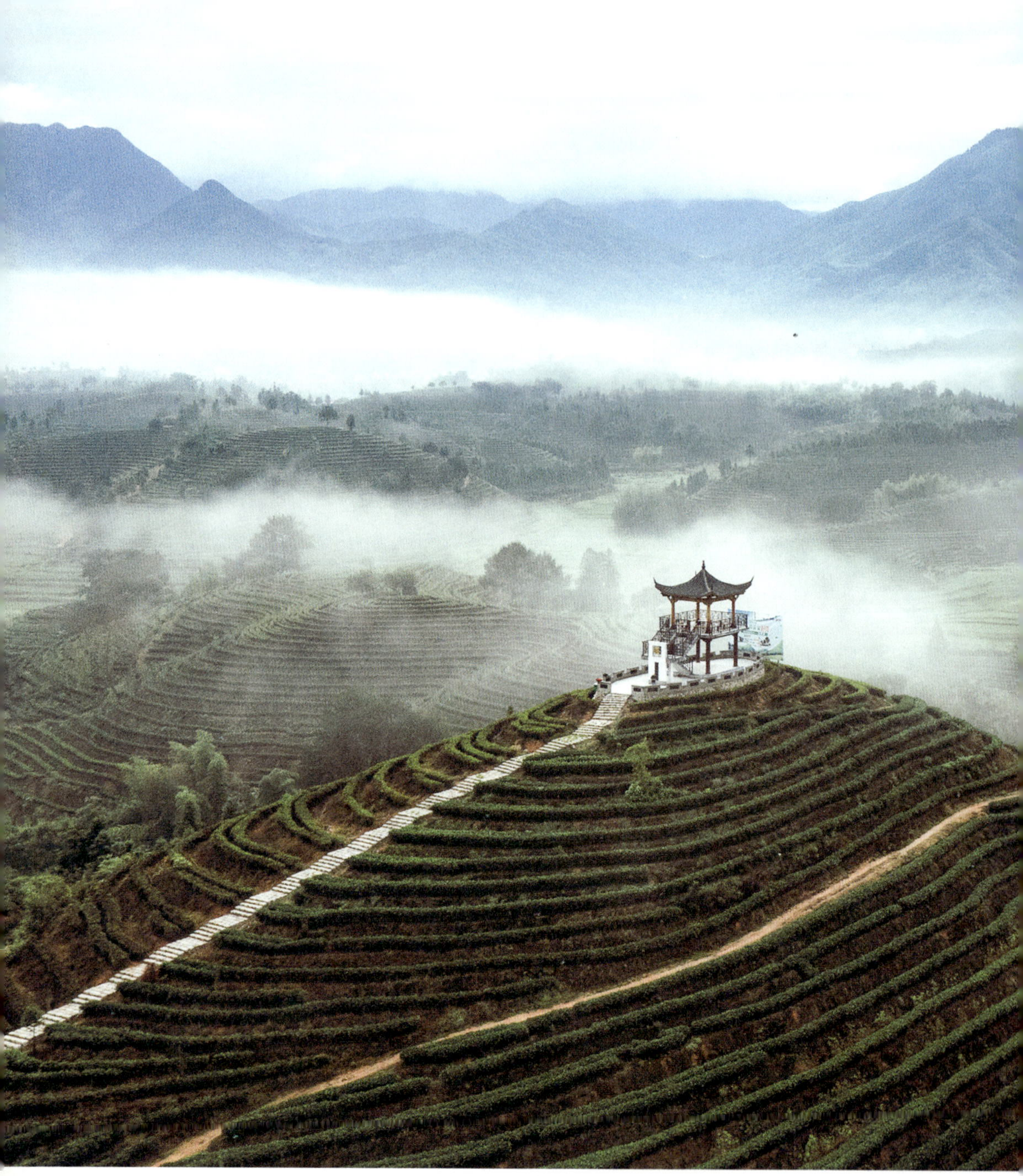

万亩茶园（朱维龙 摄）

茶味，这是从茶科技角度的解释，也是针对下半截茶道而论。翻阅当代茶说，你会看到另一种跨入上半截茶道的茶气理解。比如中国西南一带著名的"山头韵"说法，认为茶气是由种植地赋予的，不同土壤、不同海拔、不同气候的茶山会造就茶的不同气场，形成独特的山头韵。中国茶道的禅茶一味学说影响全球，在2009年第四届世界禅茶大会上，中国茶人李彦锋先生发表论文《漫谈禅茶之道——用身体读茶》，认为身体感应的茶气引领了茶道，强调借由茶气入静来修养身心，引发各国茶人共鸣。此文提出"茶有三气"，亦即地气、茶气、人气。地气，是茶的本味，什么地方产什么样的茶；茶气，讲的是茶叶本身的小茶气，是该茶所具有的能量，是一种抽象无形的感觉，需要用身体用心才能感受到；人气，是共同喝这泡茶的人所形成的气场，同一款茶对不同的人会引发不同的经验、不同的感受、不同的故事、不同的历史、不同的见证。这"三气"构成大茶气。我以为，茶平万亩茶园尽可以接纳和验证这些精彩的茶说，然后让自己更加精彩。

　　至于剑气，显然是因为剑山湛卢而起的联想，却更是因为茶平万亩茶园蕴含的愿景而生的期许。剑，原为冷兵器君王，后世更多地成为高贵的佩戴，以至于剑的杀气逐步平和化，剑气在众多辞典中演化成为人的才华和才气、勇气的比喻，南朝任昉《宣德皇后令》说的"剑气凌云，而屈迹於万夫之下"正是此义的感叹。徜徉万叶丛中，我渐渐感应此地气场，古剑山，老茶乡，似乎湛卢剑气赋予了茶平万亩茶园充沛的发展勇气和才气。万亩茶园的学名称作"茶平乡绿色循环优质高效示范茶园"，这满园的叶子以"质量兴茶"为目标，要给绿色循环和优质高效做示范，显然是可贵的发展勇气。而叶子们深藏不露的修身才气，则从茶园建设的诸多法门展露出来。他们跻身农业农村部、财政部"绿色循环优质高效特色农业（茶业）促进项目"序列，让叶子的家园有了一个高位依托。他们实施"规划科学、梯层等高、路网硬化、园地植树、梯壁留草、自动灌流"，让叶子的家园有了幸福美满的高位品质。他们打造全县有机认证生态茶山样本，采用病虫害绿色防控措施，应用太阳能风动力捕虫灯、可追溯视频监控系统等科技手段，以有机肥替代化肥，让叶子的家园有了健康洁净的生活。他们组织茶山联合体，身处生产、加工、流通、销售各产业链条以及管理环节之中的单位和个人共同加入，共塑公共品牌，让叶子的家园有了互济力量。他们推行茶旅融合，吸引游人，休闲观光，体验互动，认领定制，让叶子的家园有了无形传颂的美好口碑。我看到茶园迎风口点缀着紫薇、樱花等乔木，茶山干道旁陪伴着一簇簇三角梅、欧洲玫瑰等灌木，梯壁上爬着百日草、地被菊等绿肥植物，茶枞间有喷灌装置露头，茶园里的叶子们一派才华横溢的模样。

显然，这是一座有抱负的茶叶家园。在剑气与茶气纠缠弥漫之间，似乎剑气也化成了茶气，立地不凡的湛卢茶气。茶气悠悠，茶道漫漫，湛卢茶气穿透了世间茶道下半截与上半截的阻隔，上下衔接，贯成一径圆融无碍的完整茶道，直通天人合一的境地。君不见，茶平万亩茶园鲜活的叶子竞相仰脸，那饱满多姿、昂扬朝天的生动容颜，洋溢着勃勃的生命隐喻，仿佛自信地等待一双纤手，那一捏一翘的兰花指，把自己采进高品质的出

奎光塔（朱建斌　摄）

路，融入美妙的人间茶道。

是呀，茶园的山道弯弯曲曲，顺着家园茶道走出去，这满园的叶子离家之后会出落成什么样的身份面目呢？当地茶农告诉我，它们会讲修成为绿茶、红茶、白茶三个族类，叶子离家之后得看市场行情和加工工艺来选择自己变成哪种身份面目。我知道，这涉及茶树的适制性，同一株茶树使用不同加工工艺可以制作出绿茶、黄茶、黑茶、白茶、青茶和红茶六大类。一棵茶树只有适不适合制成某类茶的讲究，并不存在只能制成某样茶的规则。茶平万亩茶园的叶子最适合绿茶红茶白茶三种成品身份，并且可以在不同的季节改换不同的面目，无论踏上哪条出路，无论邂逅何方高人，都散发着满身独具一格的湛卢茶气，家园之外的空间灵活广阔，茶道修远，自将上下求索。

  茶是最善涅槃的叶子。茶平万亩茶园山道蜿蜿蜒蜒，正是茶道趣味落地的象征写照，仿佛圣洁灵魂的轮回。是的，茶有四次涅槃。第一次涅槃，是在茶枞。茶在自己的家园逢露而醒，一芯一叶，一芯两叶，一芯三叶，朝着天空婀娜伸展。第二次涅槃，是在茶厂。从工艺里醒来，获得成品命名，走向千家万户。第三次涅槃，是在茶盏。睡着的茶与沸水相遇就活起来了，蜷缩的叶子缓缓张开，舒展身姿，释放魅力。第四次涅槃，是在人的心灵。把人的灵气带回茶的家园，让山野的心旷神怡接纳人间各味悲欢苦乐与炎凉沧桑，让天地人在茶气弥漫中交相感应，物我两忘，安宁，欢喜，那是真正的活起来，永远不会睡回去。从茶的家园出离，再回归茶的家园，所谓茶道应该就是这样的轮回，永无休止。茶平万亩茶园发愿的"绿色循环"追求，不正是这样的茶道魂魄再现吗？湛卢山脚，谷风习习，和美茶园，起起伏伏，此中有真意，欲辨已忘言。

二人同行

□ 张　茜

老支书指着村名说，你看，衙，二人同行。村子全名叫古衙，古老的结伴而行。这个村、这个少见的字，令我陷入沉思，沉思在山水田园村舍间，沉思在鸡犬相闻人语间。

村子祥和安然，鸡在道旁沙窝里搓揉羽毛，两只黑犬将身体最大限度摊开，一只肚皮朝上，一只肚皮朝下，紧贴在水泥路面上，犹如两块裁了犬形状的装了一点填充物的黑布袋。正是夏初茶笋烟稻得闲时。阳光滤过般清澈柔和，闪动着馨香柠檬色，落在村人头脸身子上。几位年龄迥异的妇女坐在村头凉亭里，随意聊着天，任凭身旁溪流喧嚣着冲向村外去，头顶老樟树的日光追着水流，追百多年。

村子坐落在松溪县域的东北边陲，临县浦城和高峰龙头山形成犄角，将她稳稳兜住。抬脚翻过龙头山，就到了浙江，与浦城也只是隔道蜿蜒山脉。两边大山从东头夹住村子，两条溪水顺山流下，一左一右包裹村子后在西边汇合，也夹住了村子。村子宛若一颗宝石,含在山水口里,捧在山水手里。亲亲的一个山水之子,天生就该别样,就该超凡脱俗。

是的,古衢是全国文明村,为村子服务了20多年的老支书是全国劳动模范。他由一名退伍军人,到村支书,到56岁时因管理村子业绩突出而转为乡镇公务员。他连连说谁能想到,把村子管好本该是分内事,应该的。

古衢村夹在这样的尖尖犄角里,有人最重要,人能创造,但人的创造力基于爱的基础。哲学家尼采指出:有爱的环境,就会产生创造力。但人在矛盾中生活。村子有个古老习俗,一家有事全村帮。谁家有了红白喜事,就是全村的红白喜事,各家能出力

溪东乡古衢村民俗

的第一时间纷纷到位干活，再奉上自己的心意钱。这时间有个环节很特别，但凡平素闹了口角的双方，无论婆媳，无论男女，都自然化解，团结才是力量。大家来了，就像回家了一样。能砍柴的上山，有厨艺的上灶台。有的洗碗，有的摆放桌椅板凳，有的置办采买，如此这般各就各位。到了经济好转的时代，村子民约管理介入进来，移风易俗，不铺张浪费，不攀比抬升，每桌饭菜烟酒标准家家统一。故去的人，也统一标准，没有高低贵贱、男女老少之分，只按先后顺序，依次进入村民集资公墓。

一个村子，俨然一个大家庭。

那日我抵村口，老支书等在那里。红毯般的村道在我眼前逶迤前行，脚板愉悦踏上。两边人家相拥相亲，门前都设花坛，兰花、朱顶红、朱砂果，袖珍小松树、红继木，姹紫嫣红，整齐有序，都是山里产物。村道底子为水泥，当中嵌着一条朱红水磨石，平展、好看、防滑，仿若城里动不动就铺的，或者影星们走的红地毯。关键还在于不硌脚，姑娘们的高跟鞋，老人的视力，三轮车拉东西，都好使。

老支书赶上来说："好几个人向我报告，村里来客了。"村在这里，就是家。一位年轻妇女迎上来说："前面有公园，你去看看。"这话我明白，公园曾是城市的配置。红毯路带着我进入——"幸福公园"。园子不模仿不攀比，从村子里扎头长出。高处散落几棵香樟、桂花，鱼池庞大，畔沿上杨柳依依，卢莉吹着紫花喇叭。水中鲫鱼、草鱼、胡子鲶鱼自由自在，可观赏可食用。其实这么大的鱼池、这么清亮的水，源于废水利用。葳蕤灌丛中埋藏着三道污水净化：过滤池，沉淀池，生化池。第四道二沉池兼做鱼塘，排放时灌溉田地。这巧日子、生态日子过得可真叫一个好。

出园子时我路过老支书家，大门没上锁，双开，木质，有着一定年岁。他说，还要锁门吗？全村都这样，家家户户从未上过锁，方便客人进屋喝茶，方便邻居借用家伙什儿。两层青砖黛瓦土木楼，展露着笑容，幽幽弥散出木头、泥土香。挨屋种着一块菜地，韭菜、青葱、西红柿……热热闹闹，食色乡间。

说话间一帮中年男女涌了进来，轻车熟路，落座老支书家客厅，轻车熟路，泡起茶来，老支书微笑着领我加入。大家喝茶聊事，我安静聆听：今年是大年，春笋丰收，笋罐头出货已过半。大雨中雨连下五天，昨儿一段乡道塌方，运罐头小货车掉了下去，五六米深，人车幸好没事。乡里闻讯连忙抢修，估计明天下午就可接通。

古俰村夹在山脚里，抬头青山厚林，低头沃野呈扇形打开。山上清明前采茶，青叶品质上乘，引得各地茶商纷纷赶来，日日候在山道上，等待茶农。这时节茶农天明进山，日暮下山，手里都是提着轻轻的茶筐，而口袋进账日渐丰厚。万亩竹海荡漾在森林边缘，挖笋从冬季开始，冬笋味道深厚绵长，堪称山珍。冬笋较春笋、夏笋难找，穿在竹鞭上，隐藏地下。但挖笋人很机智，凭着竹梢弯曲的方向，准能挖出笋来。一年四季，挖笋三季，村子里生产笋罐头的企业就有三家。马口铁罐头桶垒得像北方大地上的平头草垛子，白花花，银光闪闪。站在村口，放眼望去，稻禾、玉米、烟苗，似碧海般铺向远方。稻穗在杨花，玉米在拔节，烟叶子即将转黄，肥硕得宛如一只只大象耳朵，养人眼睛，

竹编

富足人心。

阳光明丽，在头顶绽放出一簇簇透亮花朵，一户做茶人喊我们歇脚品茗。偌大的三层钢筋水泥楼房里，贮满茶叶，浓烈馨香充盈一间间屋子。地下室宽敞通风，制茶机器已完成春忙，安静地歇息。已是午后，天台上晾晒出一席席白茶。抓一把投入煮壶，置于烧红的木炭小炉上。氤氲缭绕茶气里，饮下一盏香茗汤，浑身通泰，微汗沁沁，回甘悠长，话语轻松起来。古衕地势高，气候早晚温差大，水雾终年滋润茶树，花草树木相伴茶树，土壤矿物质丰富，所产茶叶颇为畅销。

村子有茶山，有竹山，有稻田，有烟田，只要勤劳肯干，收入不输在城里打工。外出闯荡看世界的人，早已陆续回来。一位大嫂说她待在城里时，白天黑夜落不着地，心悬在空中，日日吃不下饭，睡不着觉。医生诊断她患了抑郁症，吃药见好，停药重犯，没想到回家来就好了，啥事也没有。忙完春茶春笋夏笋，田里庄稼长着，清闲下来，左邻右舍相聚一起，聊聊说说笑笑，自由自在，天宽地阔。她说村里出了位作家，写网络小说，年收入二十来万，伸手指向一户没有围墙的院落，喏，在水池上洗衣服的那位婆婆就是作家的母亲。作家夜里写，这会儿该睡着。

同是写作者，我很想见见这位作家，走到他家没有围墙的门口，往里张望。作家的母亲一边搓洗手中衣物，一边朗声喊我进屋，指指身后楼上：还睡着。她猜出我的来意。我退回村头凉亭，了解到作家现年五十来岁，早先去广州打工，辗转谋到写网络小说工作，自然回乡创作更具便利，业绩斐然，稳坐"大神"级别，成为村里人的骄傲。

村里每年各家出资举办春节联欢晚会，节目编排都由这位大神压阵，内容丰富，赣剧、小品、相声、舞蹈、歌舞啥都有。别看是村级春晚，上演节目得经过初审，过审了才能上演，得保障品质。古衕春晚，松溪家喻户晓，名声很响，不花政府一分钱。

古衕自我善治之风令人惊讶，村部墙壁上各种管理制度挂了整整两排，十来种，但最醒目的为每个标题上的两个字：约定。红白喜事宴请约定，公墓管理约定，山林管理约定，村容村貌管理约定，河道保护公约……依法自治，约规治事。

又见"诗歌村"

□ 张晓平

一

《山海经》云:"闽在海中,其西北有山。"可见闽北之山上古时期就已闻名,这里崇山峻岭,大小山峰和丘陵连绵起伏,令人叹为观止。闽北最著名的山当属天造地设、鬼斧神工的武夷山,松溪湛卢山也是名山,明嘉靖版《松溪县志》云:"闽之山水甲于天下也,松邑之山川又甲于闽中也。"甲于天下的闽之山水指武夷山,甲于闽中的松邑山川即湛卢山。

2021年5月,我以大武夷视角观察了湛卢山。湛卢山位于武夷山脉北段,跨越松溪、政和两县。古老的山乡诞生着新鲜事物,湛卢山半山腰一个名叫吴山头的小村庄,被命名为"湛卢诗歌村"。我想起早年和文友登临湛卢山的往事,写了一篇散文《湛卢山云雾》,回忆下山时被大雾所困的遭遇。我们陷入博尔赫斯的迷宫世界,原本30分钟的路程,绕来绕去足足走了两个多小时。那时候大家崇拜北岛，游湛卢山的经历简直就是在体验北岛的《迷途》："沿着鸽子的哨音，我寻找你。高高的森林挡住了天空。小路上，一颗迷途的蒲公英，把我引向蓝灰色的湖泊。在微微摇晃的倒影中，我找到了你，那深不可测的眼睛。"

再度走进松溪"湛卢诗歌村"，与我同行的，还有一位前辈作家和当地作家、文化学者冯顺志。

吴山头村背靠湛卢山，不远处又可看见梯田和茶山，一派诗意盎然的景象，难怪诗人到这里忍不住要"拨动心中隐秘之弦，乡愁肆意生长"。我来过不止一次，面对同样的传统村落，同样的古朴房屋、老土墙、青砖瓦，同样的石板路、石板台阶、弯曲小巷，同样的风水林里千年老樟、红豆杉、银杏、桂花树……尽管早有印象，却仍然感到陌生，常看常新。

这里是福建省传统村落，除了湛卢诗歌村，还有湛卢美术写生基地、摄影基地、铸剑技艺传承工作室等，建设古树群观景台、五莲池、孝廉文化展示馆等，走出文化与旅游融合的路子。

二

我经过诗歌村那条"诗歌长廊"，浏览着古往今来文人撰写的松溪和湛卢山诗文。走进那幢门前挂着"湛卢诗歌村"牌匾的古民居里，我看到了近三年来的变化:书架、书桌上摆着当地作者书籍和《湛卢文学》杂志，墙上贴满了各级文联、作协活动图片剪影。最引人注目的，是大厅墙上挂出的全国各地作家、诗人在松溪的照片，还有他们对松溪的感言，琳琅满目，精彩纷呈。

茅盾文学奖获得者柳建伟深情告白："闽北松溪县，地阔不过千余平方公里，人口只有区区十几万，却是一处自然人文均堪称一流的极美之地——松溪松溪，爱你爱你！"

鲁迅文学奖获得者任林举独具慧眼："松溪，一个好听的名字，藏在层层行政区划的深处；一个奇妙的去处，藏在重重叠叠的山水深处；一张靓丽的文化名片，藏在幽幽暗暗的历史深处——让人心驰神往，难以忘怀。"

中国作协会员、省文史研究馆馆员张建光精辟概括："山风吹起，朱子高吟。一吟，君王之剑，气冲斗牛；复吟，九龙青瓷，流光溢彩；再吟，绝版之画，生动欲飞。松溪斯文和柔雅的密码似乎全部在此，细细破译，便可领略百里松荫，绵绵诗意。"

《诗刊》杂志主编李少君诗兴大发："星夜，携一本王维诗集到松溪，早晨推开窗，抬头就是绿水青山……我愿在此逍遥度世，度过与世无争的一生。"

………

这么多知名作家在松溪、在诗歌村留下印记，发声赞美，我不禁对身旁的顺志兄竖起拇指。他是诗歌村前任常务副主任，与现任常务副主任、县文联主席郭义清一样劳苦功高。两人皆是中国作协会员，松溪这样一个小县城居然有两位中作协会员，实属不易，更不易的是基层作者的创作，两人都笔耕不辍，常见推出新作，郭义清最近又出版了村落散文集《村庄记忆》。正是他们的坚守和运作，诗歌村才远近闻名。

湛庐诗歌村

三

在《湛卢山云雾》一文中，我将"诗歌村"首任村主任的名头冠给了著名诗人蔡其矫，不仅因为蔡其矫名气大，是最早写松溪的现代诗人，还因为他写的诗歌《湛卢山》至今无人超越。

巧的是1986和1987年，诗人蔡其矫两次造访松溪湛卢山时，均由顺志兄当向导。顺志兄未看过我的文章，但认可我的说法。作为当地文化学者，他陪同蔡其矫参观湛卢山的自然风光和人文胜迹，事无巨细介绍湛卢山，介绍传奇铸剑大师欧冶子。

诗歌长廊

"山不在高，有仙则名"。放在大武夷区域看，欧冶子是比闽越王无诸更为古老的人物，《越绝书》载：勾践之父越王允常命欧冶子铸剑。而《史记》记载:越王勾践六世孙无彊败走闽地，七代传至无诸，所以欧冶子比无诸最少早出三百年。蔡其矫《湛卢山》开篇云:千年历史的古道，所有绿苔青藤，用隐约模糊的细语，回答无数疑问。湛卢古称昆吾，应当都是古越语的音译，可语义是什么，已在历史黑暗中消隐。

欧冶子所铸是帝王之剑，湛卢剑"乃五金之英，太阳之精，出之有神，服之则威"。唐代大诗人杜甫诗云"朝士兼戒服，君王按湛卢"。明代诗人张湜也有诗句"越王献后吴王远,辜负云霄露碧岑",写出君王与宝剑的关系。蔡其矫直面历史:"文明是血泊里开放的花,武器是时代的先声。剑啊,泯灭在阳光里,照耀在夜色中。王者和将军,握着你如握一条彩色的闪电,弑君可穿透甲衣三重,佩带更威武堂皇。"

湛卢剑铸成之时,就是欧冶子被杀害之日,因为国王不容许他为别国的君王再铸宝剑。在诗歌村看到许怀中先生文章《湛卢剑魂》,引用鲁迅先生小说《眉间尺》,难道眉间尺复仇杀死楚怀王也是湛卢剑的故事新编?诡异之处在于,不管君王如何强大,一旦拥有天下第一剑,距离灭亡之日也就不远了。一把剑见证王者的兴亡。湛卢剑堪称屠龙剑,是越王、吴王、楚王、秦王之间绞杀的利器。蔡其矫吟咏道:"一把剑演出许多传奇,使这座山著名。人民为纪念他,在这座高峰立祠建庙,山成了剑的象征。"

"当时听完欧冶子故事,蔡老陷入长久的沉思。"顺志兄回忆道:"他说杀伐太多,需要大慈大悲。"

于是,我们在《湛卢山》诗中看到这样警醒的诗句:"时间的长河总在变动。千年来,纪念祠让位,金身佛像占了正位。这是一种调剂,杀伐太多,需要大慈大悲。香客鱼贯而上,昏暗的红柱雕梁下,闪烁冰冷的彩云,烛火青烟中充满诵经声。"

诗人敏锐,拥有一双火眼金睛,诗人感叹:"人要相会又要分离,这也是千年忧伤的历史。"欧冶子让位释迦牟尼、弥勒佛、净空老佛。据孟国楚先生文章记述,湛卢山清凉寺香火一直旺盛,虔诚的香客遍及闽、浙两省,香期之日,善男信女鱼贯上山，多达一两千人，寺中一位老僧忙不过来，七八名皈依弟子来帮忙接待。我们当年那批攀爬湛卢山的文友，可以说是诗歌村的"先民"，虽然身陷"迷宫"，终究"诗到山前必有路"。多少年过去，即便那位受伤者，迷途山野在一步之遥，回归庙宇也在一步之遥。香火缭绕依旧，诵经声声依旧，而湛卢山三峰无语、试剑石无语。所以我不必纠结，辩白已是多余。

还是回到《湛卢山》，听听蔡其矫老人家怎么说："年轻的身影步向巅顶，在平台溅起的云雾中，跳心爱的迪斯科。花枝在梦中飞舞，青春翠绿的宝石，在心灵的节奏上辉煌。飞波流霞的眼神，顾盼之中恣意狂妄，让她大胆地炫耀吧，赏心悦目是那笑容。销魂问家信远近，潮湿的风摇荡黑发瀑布，掀开春天的帘幕。在万物深沉的睡梦里，在群山的环抱中。"

人间烟火出美食

□ 马星辉

一

甲辰年五月，微雨过，小荷翻，榴花开欲然的初夏时节。松溪绿树成行，花卉其间，但见三角梅、芙蓉花、石榴花竞相盛放，万紫千红，一副"荷风送香气，竹露滴清响"的悠然人间景象。

松溪地域小巧玲珑，别样有致，有着与他城他县不同的风姿韵味。松溪得天地之灵气、日月之精华，境内青烟弥漫、云雾飘逸；金溪水碧波淙淙，两岸乔松飒飒；人文历史，多彩多姿。且不言有九龙窑青瓷，绝版套色版画等众多的非遗绝活，还有铸剑大师欧冶子天下第一的湛卢剑；理学大师朱熹名垂千古的理学伟论。单凭这两个傲雄绝唱，便让世人羡慕容垂、敬佩有加。

我与松溪有过多次相遇，每次走进这座闽北边城，都会感到这里有着一种包容四方、不愠不火的气质与情怀，它是自然间流露出来的小家碧玉情调，是一种难以言说的美好。松溪携带着时光沉淀下来的香气，留下了众多温馨的印记。

东道主郭义清笑言："上次你写了篇《大美松溪，无尘三韵》，莫若再续写一篇人间烟火美食，无尘四韵，共辉增色，锦上添花。"

我曾诵过松溪三韵：古色之韵、红色之韵、绿色之韵，若加上个美味之韵，那便是大美松溪无尘四韵了。郭义清的所命之题，我闻言拊掌称好，欣然应允。人生在世有许多追求，能品尝到人间美食，便是一种莫大的幸福。

二

在松溪民间，各种节日都有食俗习惯，在不同的季节吃各种不同的特色美食，其中春节和中元节的花样最多。春节家家户户都要做一些特色食品过年，一般有小角、肉丸、花生糖、芝麻糖、蔗糖等小食品。中元节则要做一些豇豆小角、豇豆丸、包仔、七层糕、碗仔糕等食品。

当地民俗文化学者潘黎明陪同我，行走在松溪的大街小巷，进店铺、入排挡，随处可见松溪的特色美味。街头巷口的美食丰富多彩，有固定的摊点，亦有流动的小卖。固定摊有馄饨摊、锅边粿摊，炸骨仔、油煎枣、豆腐丸摊等；沿街走动的则有绿粿仔、茯苓糕、七层糕、碗仔糕、水豆腐、臭豆腐、凉菜、光饼等。商贩边走边喊，叫卖声洪亮、腔调有板有眼，朗朗上口、煞是好听。

松溪小吃蒙丸和米焦

在一路不知不觉中的品尝中，舌尖已被松溪的小吃完全浸透，感到肚丰胃饱。我们寻了一家街边茶馆坐下慢饮。杯中的白茶韵味如兰，在品尝了松溪的美味后，清香的茶水不仅消化积食，亦让人感到惬意悠然。

早有耳闻松溪宴席丰富且饶有风味，通常用的技法有蒸、煮、煲、炖、灼、炸、煎、焗、卤、烧、扣、炒等；若要体现原味，则以蒸、煲、炖、灼为佳；想吃浓味软滑的则以焗、卤、烧、扣、炆为技法，但最多的还是热锅快炒，炒菜的技法在松溪酒宴中应用最广。

松溪宴席规格有所不同，有八大碗、五大盘、官席三种。这三种是在不同礼遇招待客人的宴席。凡结婚、做寿的喜宴上，吃的便是八大碗宴席，每一碗都有讲究与寓意。

潘黎明笑道："八大碗，这第一碗是什锦太平蛋，寓意着太平盛世，平平安安；第二碗酸辣肉皮汤，寓意着一帆风顺、万事如意；第三碗冬笋炒目鱼，鲜嫩爽脆、味美醇厚、温中益气；第四碗红烧五花肉，软糯醇香、补肾养血、滋阴润燥；第五碗瘦肉片炒香菇，鲜胞可口、滋阴补肾、益精活血；第六碗是山海协作的虾仁干汤，清香淡雅、鲜嫩可口、养血固精；第七碗鳙鱼头煮豆腐，香气浓郁、口感鲜嫩、补气健脾；第八碗是土全鸡，用慢火炖出来的鸡淡黄油亮,风味独特、补中益气、消食和胃。"

我称赞后又问："那松溪的五大盘又有何特点？"

潘黎明道："五大盘宴席是松溪另一种规格的待客酒席，大凡节日请客，或是有远亲来访，包括诸如店家请春酒、民间做会以及盖房子、做家具完工后请师傅等大都是请五大盘酒席，规格排在婚宴之后。虽然只有五盘，但盛菜的盘子很大，内容丰实，一般都是不带汤的干菜，菜肴主要是鸡鸭鱼肉等。而松溪人所说的官席，则是男方请小舅子的高规格宴席，最为丰盛讲究。有八蒸、八炒、十六样正菜，另配外四腊味、四卤味、四点心十二样下酒菜。"

在这琳琅满目的菜单中，最有名自是松溪的传统名菜"膀蹄"，它的制作工艺颇为讲究，首先选取猪脚根部的腿包肉，用刀花切成八楞置于锅中，加料酒煮上大约10分钟去除腥味后，然后用酱油、黄酒、茴香、桂皮、八角、大葱、姜片等佐料腌制一个小时。再用温油把白糖炒至变色，将糖油均匀地包裹在膀蹄上，继而将膀蹄放在卤料锅中用文火炖上两个小时左右，一只糜烂香鲜、油而不腻、红亮饱满、香浓酥糯的膀蹄便诞生了。其味其色其香妙不可言，让人一看就食欲大开。

三

一方水土养一方人，地方小吃自然也不尽相同。

松溪的小吃有着鲜明的地域性，食材多为农家自种自养或山间地头的自然野生之物。

"蒙丸"，乃用山粉或地瓜粉、白沙塘、猪油用开水拌揉后搓捏成龙眼大小的丸子，蒸熟后食用，一般用作宴席甜点。"黄粿"，制作时先要烧粿灰，用开水冲滤出粿碱，用以浸泡粳米，粳米浸后在大木甑中蒸熟倒入特制的石臼中，用臼槌捣捶成胶状，在木板上搓成筒段，摊晾干后浸入缸桶中随时取用。

"粉皮",用籼米磨浆调至一定浓度,薄摊于粉皮筛蒸布上,尔后将蒸熟的粉皮挂于竹竿上晾晒,至两面不沾手后叠卷切成条,盘成团状晒干存放。常作待客煮荷包蛋点心的垫料。

"火烧饼",用面团裹以略带咸味的葱花、肥肉末擀压成饼,喷潮贴于炭炉内壁烤熟,酥脆可口。

"糟蛋",将鸭蛋擦洗干净晾干,置入咸酒糟坛中密封。二十余日入味后,取出洗净蒸熟切开食用。香咸中略带红酒味。

"笋膜饼",将笋膜煮熟剁烂,拌以糯米粉、红糖、食盐,揉捏成团状,蒸熟,晾晒至表面干燥存放,食用时切片油煎。

"拌参"由冬笋、香菇、豆干、韭菜、胡萝卜、芹菜等,加上酱油、味精、胡椒粉、酸醋等调味料生拌而成。

"籴羹",也叫五彩汤。是用米汤、薯根、香菇、冬笋、豆腐、米粿、线面、胡萝卜、香菜、菠菜,以及姜、葱、蒜等食材,煮成具有红、黄、黑、白、绿五种颜色的汤菜。

最有特色的是"小角",它可是松溪一项舌尖上非物质文化遗产。其主要原料是肥膘肉、白糖和地瓜粉,制作方法比较讲究。首先将挑选好的猪肥膘肉洗净,用刀细细地剁成肉泥作馅,然后取新鲜的鸭蛋打成蛋液,放热锅里烙成薄薄的蛋皮,烙成厚薄均匀的蛋皮,再包上肉馅食之。醇香扑鼻、馋涎欲滴,食之口感甜滑,齿颊留芬。

四

最是人间烟火色,且以美食慰风尘。

灯盏糕

　　美食是人生的一种需求，亦是一种文化。若有好的美食，生活便会充满了快乐，美食对于生活的意义重大。千百年来，松溪传统美食伴随民俗风情一路走来，已经深深烙进松溪人的记忆中，在农耕时代渐渐远去的今天依然魅力无穷。松溪人对于舌尖上的味蕾有一份独特的追求，好客的松溪人同样要让每一位客人在这里吃的每一餐，都成为一场难以忘怀的美味之旅。

　　郭义清说："为了满足来松溪的客人们对美食日益增长的要求，在保持原有风味的基础上，我们对松溪传统美食进行不断探索与提升，舌尖上的美味松溪迎来了新的展示与体验。美食大有

笋膜饼

文章可做，因为美食里有故事有风尘、有岁月有光阴。"

  四方食事，不过一碗人间烟火。一个地方的美食代表了一个地方的特色，松溪美食在唤醒人们对食物味蕾记忆的同时，更勾起了人们对家的留恋以及对人间烟火的向往。

中央苏区县的荣光岁月

□ 马照南

松溪的初夏，温暖而明媚。百里松荫，和风吹拂，静静流淌的松溪，处处是花的芬芳和草的翠绿。在这美丽的土地上，有一段岁月，犹如松柏般坚韧，如同阳光彩虹般绚烂，那便是中央苏区县的荣光岁月。

红色松溪，最早的革命核心区是路下桥。这里地处松溪西北角，是当时松溪、水吉、政和、浦城四县的边陲。山高林密，群山环抱，地势险要。

早岁，山高路陡，溪河阻隔，人们出行诸多不便，不仅影响日常生产生活，遇到雨季，溪河涨水，路人只能在两岸等待。当时村里一位心怀善良、手艺高超的木匠下决心在此建一座桥，四周村庄的人纷纷前来助力。桥梁完工之日，大家为感念木匠善举，命名为"路下桥"。"路下桥"历经风雨，坚固不倒，成为见义勇为、同心协力的象征。

走进路下桥村，仿佛能听到历史深处的回响。桥边公园屹立着两座纪念亭。亭里矗立着两位功勋卓著的老革命题字的纪念碑。一是闽浙赣游击纵队副司令陈贵芳题写的"路下桥民众会暴动纪念碑",一是闽浙赣游击纵队司令左丰美题写的"中共建松政首次党代会纪念碑"。碑亭不仅是对历史的纪念,更是对那段峥嵘岁月的缅怀。碑亭旁边,建有"建松政苏区纪念馆",馆名由石仲泉题写。纪念馆内陈列着大量革命斗争的资料、文物。一张张鲜活图片、一组组翔实文字、一幅幅历史照片,无声地讲述着中央苏区松溪红色历史和生动的斗争故事,给人以极大的震撼。

风雨如磐的1927年,中国共产党在汉口召开八七会议,组织和发动武装起义;1928年9月成功举行以上梅为中心的崇(安)浦(城)暴动。消息传到路下桥一带,广大穷苦农民深受鼓舞,希望自己的家乡也闹起革命。1929年4月,中共崇安县委书记陈耿派遣伍弟奴等人返回松溪,来到路下桥,通过亲戚串亲戚、朋友串朋友等方式,宣传革命道理,开展斗争。这年6月,革命群众揭竿而起,成功组织以路下桥为中心的建松政农民暴动,竖起闽北又一面鲜艳的红旗。

建松政边区人民的英勇斗争,引起了福建省委的高度重视。1930年10月,福建省委巡视员邱泮林在给中央的《闽北巡视的报告》,对松溪苏维埃区域的发展、革命斗争的开展情况、红军武装和地方党组织的建设给予了很高的评价:"如松溪北部,有我们的工作影响,就发生起游击战争来""已经走到游击战争的地步了……农民已自动起来攻打民团,用鸟枪、梭镖去和他们五六十杆枪的民团开火,结果民团被赶跑,还缴

革命老区村路桥村

了一杆短枪。他们自己成立起红军来，请崇安派人去，同时把缴来的枪支送给县苏"。

1931年5月上旬，建松政地区第一个革命政权组织——路下桥苏维埃政府成立，带领群众英勇斗争的伍弟奴担任主席。黄振荣、张火生、潘文锡分别担任内务、生产、财政等部门负责人。同时还成立了妇女、儿童等群众团体，何小妹为妇女队长，罗天喜为儿童队长。路下桥苏维埃政府辖松溪、政和、水吉、浦城边区的48个村级苏维埃政权。据史料记载，当时民众会会员达1000多人，其中武装骨干300多人。崇安县委将路下桥民众队扩编为1个连3个排，被编入闽北第一支正规的工农武装——中国工农红军第五十五团，分别任命伍弟奴、刘智有为连长、副连长。这是建松政地区第一支红色革命武装，对外仍称"民众队"。红军广泛出击，先后消灭了松溪、政和、浦城、建阳边界十余股反动民团，控制了以路下桥为中心，包括松溪塘下溪、黄屯和建阳、浦城、松溪三县交界仙山岗一带，有力地保护革命成果。

苏维埃政府成立后，广泛开展土地革命。世世代代受压迫的农民们获得了自己的土地，大家衷心拥护中国共产党，坚定地团结在党的周围，欢天喜地、生机勃勃创造新生活。

1933年，松溪苏区划入中央苏区闽赣省后，按照中共苏区中央局和中央政府的指示，加强发展政治、经济、军事、社会等各项建设；成立工农红军独立营，建立了路下桥、郑墩、梅口、松浦4个区委和区苏维埃政府，加强了农会、青年会、妇女会等群众组织。此时，全县共有6个乡镇建立了各级苏维埃政权，苏区面积达796平方千米，占现松溪全县总面积的76.3%。80%的苏区青壮年都报名参军，建立了红星医院、枪支修理厂、土炮炸药厂、被服厂。

松溪苏区市场流通苏维埃货币。商人自由贸易，农贸集市则是村民们进行商品交易的地方，热闹非凡。苏区文化建设有声有色，提倡学文化、办扫盲班、组织歌咏队、演文明戏。木偶剧团经常为村民们表演各种剧目，传承弘扬着革命文化和传统文化。现在农村还保留许多画作，这些画以生动的笔触和丰富的色彩，展现了苏区人民生活和英勇奋斗的场景。

根据中央关于"在福建、浙江的边界上以崇安、浦城、松溪为主要的根据地，创造一个广大苏区"的指示，1934年7月，红军将领黄立贵率领红七军团五十八团及闽北随军工作团1000多人挺进建松政，加强建松政苏维埃政府各项工作，直接接应中央北上抗日先遣队，策应中央苏区第五次反"围剿"战争和中央主力红军的战略转移，先后牵制了国民党军队6个师和1个保安团军队的大量兵力，成为拱卫中央苏区腹地的对敌前沿。

松溪红军英勇善战，成为北上抗日先遣队的前进基地和最后陷落的中央苏区县。在中央主力红军踏上长征征程后，建松政地区仍然有一支成建制的中央红军五十八团与地方红军、游击队配合，顽强抵抗"围剿"苏区的国民党大量部队，一直坚持斗争到1935年3月。

1937年，日本侵略者发动全面侵华战争，在这危急时刻，中共建松政党组织派员在甲墙与国民党进行了一场意义深远的谈判。经过艰苦斗争，谈判获得成功。这就是载入中共党史著名的"甲墙谈判"。370位建松政边区人民的英雄儿女，在路下桥集

建松政农民暴动纪念馆

合后，直赴江西铅山，编入新四军五团。这支队伍走向抗日前线，很快组织了让日寇胆寒的"繁昌大战"，见证了松溪人民在国家命运和民族大义面前勇于牺牲、反抗侵略的崇高精神。

松溪红旗不倒。无论是在土地战争、抗日战争的烽火中，还是在解放战争的硝烟里，松溪人民用自己的生命和热血，诠释着对党的忠诚。

改革开放以来，松溪这片古老的土地焕发出了新的生机。昔日的偏僻之地逐渐变成了富饶的粮仓茶园。同时，随着乡村振兴战略的深入实施，松溪的乡村面貌也发生了翻天覆地的变化。道路变得更加宽敞平坦，房屋变得更加整洁美观，人们的生活水平也得到了显著提高。

路下桥村在古朴旧桥边上增添了一座新廊桥。廊桥朱红色栏杆并雕梁翘角，既显古朴，又透露出浓郁的喜庆韵味。新旧二桥并立，更显壮美。新桥不仅方便了村民的出行，也成连接过去与未来的纽带。

桥下，流水潺潺，清澈见底。溪水从山涧倾泻而下，经过桥洞，欢快地向前奔流。水声潺潺，如同天籁之音，洗涤着人们的心灵。桥洞下，水面波光粼粼，映照着蓝天白云和桥身的倒影，宛如一幅美丽的画卷。

路下桥，这座古朴的桥梁不仅是一道美丽的风景线，更是一座连接着过去与现在、自然与人文的桥梁。它见证着岁月的流转和生活的变迁，也承载着人们对美好生活的向往和追求。

古城新韵

□ 陈元邦

一

清晨，我站在下榻宾馆的高处静静地欣赏这座县城，城依偎在湛卢山下，松溪如一条玉带，环绕城边，彩虹桥倒映溪水，湛蓝的天空疏朗的云，山与天相接处一片嫣红，悦耳的鸟鸣声传入耳际，不时还可隐约听到鸡鸣声。这声音更让我觉得城的静幽。坐在窗前，品着九龙大白茶，茶香沁人。说起茶叶，当地同志颇为自豪：这里是全国绿色食品原料（茶叶）标准化生产基地和全省最大的蒸青绿茶出口基地，获评"中国茶业百强县"。这座县城，好似茶香氤氲而成，弥漫着"和静"。

昨晚，我也站在这窗前眺望，夜灯柔和，广场上音乐声传来，不少人随着音乐翩翩起舞。音乐唤我走进这座县城，夜色下，见得最多的是茶楼与餐馆，宁静而祥和。我曾经听一位在市直机关工作的松溪人谈起他的家乡："小巧宁静舒适是她的特

手绘松溪（陈超星绘，陈元邦书）

点，走在街上不慌不忙，悠闲自在，就像小时候看到的水牛大摇大摆穿街而过，即便现在街上跑着电动车，也是无声无息地从身边轻轻划过……街道两边种着梧桐树，树冠像一把打开的伞。夏天走在街上，都不需要戴遮阳帽。"那聊起家乡的神态，那陶醉于家乡的情结深深感染了我。30多年前我曾经来过这里，今天再看松溪，觉得它犹如一位美女子，变得更加俊俏了，让人看了，宛如花季少女，带着山野质朴。

二

30多年前的松溪，给我留下很深的印象：一座有着一千七百多年历史底蕴的县城，古时"两岸多乔松，有百里松荫碧长溪"，县名就从这诗句而得。在城乡中随处走走，古韵扑面而来，遗迹随处可见，始建于宋咸淳年间的奎光塔屹立于县城西郊虎头岩上，成为寄寓乡愁之标志性建筑。湛卢剑列古代五大名剑之首，宋代九龙窑青瓷享誉东南亚和日本等地，松溪版画秉承古代建安刻版印刷遗风，松溪人以此为傲，誉之为"松溪三宝"。朱熹曾在湛卢山筑"吟室"讲学授徒，至今遗址犹存。明清时期，梅口埠乃万里茶道的必经之路，也是松溪九龙窑珠光青瓷南运、食盐北运的必经之地，商贾云集。我坐在茶室中，与初次谋面的松溪人聊天，他们很骄傲地告诉我，家乡是一块人杰地灵之地，历代共有28人考取进士。

然而，当年去松溪的情景至今历历在目：从建阳到松溪出差，车行沙土路上，尘土飞扬，到了松溪蓬头垢面，更别说从省城福州或更远的地方去了。那时人们谈起松溪,"谈路色变"、望路退却,投资者即使有投资意愿,一趟松溪之行,念头又打消了。这次,我再到松溪,1小时多的高铁到南平,之后再坐小车走1小时左右的高速就进了县城。改革开放以来,松溪的交通得到了翻天覆地的变化,四通八达的高速公路,两个多小时的车程就可通福州,宁衢铁路从福州通达浙江衢州,松溪是这条铁路上的重要站点,每日有绿皮客车通过,交通撩开了松溪面纱,让这个"美女子"走出了深闺。

傍晚,我从县城去梅口埠,20多千米的路程只需30分钟的车程,柏油路平坦宽敞。我很感慨地对司机说,以前所见的都是沙土路,车跑在路上,尘土飞扬。司机说,现在已经不见沙土路了,即使是村道,也铺上了水泥。自从通了火车,建起了火车站后,县城的道路已经成环。当地的同志告诉我,松溪之变,最大变化是交通之变,这变,可谓是"蝶变"。

三

松溪人讲起家乡的生态,自豪地说,松溪是闽北首个国家级生态县,国家生态文明建设示范县。

家乡的山山水水,是大自然的馈赠,是祖先留下的财富,前人栽树,后人乘凉。在大布村中央巷口坊门外曾立着一个《奉禁碑》,这碑是清乾隆三十四年(1769)8位村民奉谕为封山育林而立,从碑文中可以看出,早在康熙年间,松溪人民就非常重视保护森林,强调山林水源。"发展不能以牺牲环境为代价,要

手绘湛卢（陈超星绘，陈元邦书）

保护好环境，保持经济发展与生态保护同步运行""山好水好空气才会好，这片山山水水一定要留好""靠山吃山，也要因地制宜，走出一条发展致富路""老老实实地发展山区特色经济"。时任福建省委副书记的习近平同志在松溪考察调研的话语一直铭记在百姓心里。有了绿水青山，才有金山银山，没有绿水青山，就没了金山银山。县委、县政府坚持以生态"高颜值"实现"守绿换金"和"添绿增金"，以发展"新模式"实现"点绿成金"和"借绿生金"，探索出以文化、科技、产业融合发展的"土特产"赋能乡村振兴模式，以逐"绿"前行将生态优势转化为经济优势的"生态农业"模式，以串联乡村旅游资源实现破局"出圈"的生态旅游模式，以践行"两山"理念打通"两山"转化通道的"制度创新"模式。如今的松溪，森林覆盖率达到76%。

我伫立梅口古渡眺望，夕阳斜照，山披金晖，波光潋滟，老厝仿佛在夕阳中讲述着往事，一幅画圈仿佛地我眼前徐徐展开。第二天，我又去了大布村，那里也是一处古码头，溪水从浙江庆元入松溪后的第二个码头，江面开阔，遗址众多。工人们正在修复古渡风貌，有些古建筑已经完工，有些还在建设之中。我期望有一天能够再现古时"两岸多乔松，百里松荫碧长溪"的胜景，能够泛舟享受"明月松间照，风静听溪流"的意境。

将青山绿水和厚重古韵结合，讲好松溪故事，让游人"知松溪、来松溪、留松溪"，县委、县政府按照"系统谋划、集中集聚、修旧如旧、风貌统一"的思路，让旅游资源串珠成线。梅口景区、湛卢书院、版画传习所、房车营地，"百年蔗"农业观光，融自然与人文于一体；漫步吴山头村古道，品"剑溪"朱子古茶，领略"剑侠"气概；驻足诗歌长廊，欣赏古今文人墨客朗诵佳作，吟《朱子家训》，恍如梦回千年，韵味十足，在吴山头古村享受传统村落古朴、清新、自然之美。当地人说起当地旅游资源，颇为得意：1个国家4A级景区、3个3A级景区，12个省级乡村旅游村、3个省级金牌旅游村。我无论是行走城区，还是徜徉乡间，温润与壮美氤氲出的好山好水、氤氲出的和静刚柔人文，无不让人流连忘返。

四

县里户籍人口16万多，常住人口13万多。让我有些意外，曾经是省级扶贫开发重点县，人口还能基本稳定。县领导说，这里土地平坦，适宜种蔬菜，交通的改善，解决了运输瓶颈，农民早晨四五点钟起床收获蔬菜，当天就可运送到北京、上海等大城市。蔬菜种植也催生了一批蔬菜专业合作社和蔬菜营销商，建立起了营销渠道。我在茶平乡的农田上还看到这样的情景：两架喷洒农药的无人机在操作手的操纵下，正在给稻田灭虫。操作手告诉我，他们是县里专业公司。

现代农业正在改变传统的以小家庭为单位的耕作方式。未来的城乡，只是居住地的不同，住在乡村的人，也许不是从事农业生产的人；住在城里的人，也许正是从事农业生产的人。在松溪，一批年轻人从事带货直播，把松溪的丰富物产推销出去，听说一年的产值有10多亿。还有一些年轻人，正在开发松溪青瓷，他们说，老祖宗留下的宝贝不能丢。

传统型的农村正在向着现代化农村转变，这转变，是传统的赓续，是现代化的加持，松溪，城与乡都焕发着勃勃生机。

松溪的面纱被撩开了，交通便利了，也抱了几个工业产业"金娃娃"。县里的工业企业有38家，税收上千万的有2家。有实力才能有魅力。

福建常松新材料科技有限公司是一家生产民营企业，解决了800人的就业问题，2023年实现产值2.48亿元，入库税收3402万元。企业正在二期建设，公司的三位股东全是，外地人。来松溪投资办企业的，除了注重区域优势，最重要的是要有良好的营商环境。

青山绿水是最好的投资环境。未来，会有更多的企业家把目光聚焦松溪。

松溪，这个闽北小县，有着厚重历史的古县，当地人告诉我：相信家乡会越来越美，日子会越来越幸福。

灵韵山水

湛卢之谜

□ 杨际岚

一

湛卢之谜，谜一，即湛卢山之来历。

《辞海》载：湛卢山位于福建北部松溪县境内，山高岭峻，四季雾凝，相传为春秋时欧冶子铸剑处，遂以剑名山。

《福建史稿》上册第一编"远古时代的福建"，如许表述：春秋末叶，吴越的武器特别驰名。

《吴越春秋·阖闾内传》载：越王允常，聘欧冶子作名剑五：一曰纯钧，二曰湛卢，三曰胜邪，四曰鱼肠，五曰巨阙。

《越绝书·外传》载：欧冶子和干将，并为楚子作龙渊、泰阿、工布三铁剑。

闽浙接壤，春秋战国可能有一些采冶工人，从越国移居闽中。所以无诸建都之地，叫作东冶。松溪县有湛山或湛卢的地名，张勃《吴录》以为即闽越王冶铸之地。

剑山（朱建斌 摄）

《福建史稿》著者，系闽籍知名史学家朱维干。朱老治学严谨，旁征博引，考证缜密。据上，他既引述地方典籍相关记载，又不轻易下断论，不虚不妄。给后人提供寻幽探秘的导引，也留下足够的想象空间。朱老挚友、美学大师朱光潜先生赞其为"董狐擎铁笔，孤草戾苍天"，其来有之。《福建史稿》由福建教育出版社于1984年出版。

四十年来，湛卢文化研究成果丰硕。人们从多个角度，提供种种佐证，对于湛卢山与湛卢剑的因缘，给予了明确肯定。

来到松溪，自然怀有探究史迹的期待。欧冶子的行迹，尤其让人十分好奇。

唐《拾遗记》、宋《元丰九域志》《宋史》等均记载，湛卢山留下欧冶子炼剑的"炭烙遗存"。

湛卢山充满古意。有岑岩古道、清凉寺、陈戬祠、仙人棋盘山、仙姑洞等，还有试剑石、剑池、铸剑炉、欧冶洞等铸剑遗迹。岑岩古道上，曾矗立刻于唐贞观年间记述欧冶子铸剑经历和湛卢山名称由来的"断碑"。

宝剑与剑山浑然一体。

清代范维宪系乾隆年间松溪孝廉，补修康熙版《松溪县志》。范作《湛卢山赋》，以"剑峰主人"与"游于松源者"，一问一答，饶有情趣。道尽湛卢山之妙、湛卢剑之绝。

主曰："上应星辰分野，傍斗牛之次；下连邻境干霄，作闽越之枢；中则精舍灵祠，岩洞丹炉。"

客曰："吾闻越王允常，曾使欧冶铸剑，尝结炉于此中，觅佳处而高占。经山取锡兮赤堇崎岖，涉水采铜兮若耶潋滟。"随后，竟为一段奇幻神奇的演绎："于时，蛟龙为之捧炉而效灵，天帝为之装炭而助焰，宵公为之击橐而施工，雨师为之洒扫而磨砧。宝光腾处，鬼神相与悲号；精彩射时，日月于焉烁闪。盖三年铸剑而有成，遂千古留名而无忝。"直是令人目眩神迷。

1985年，时任福建省委书记项南同志应约为湛卢山题写了"欧冶子铸剑处"，题字已镌刻石碑，屹立于清凉寺山门处。

难忘那题字者，殚精竭虑为闽地百姓谋幸福，其英名融入湛卢碧水青山间。松溪文友赞道："让项南与松溪永世结缘，流誉千年！"

二

湛卢之谜，谜二，即"眉间尺"之传奇。

剑的历史，便是人类的历史。剑不仅是兵器，也是社会地位的象征、时尚配饰、护身器物以及娱乐工具。传说甚多。《吴越春秋》里便有一说，湛卢剑历经辗转，被唐朝名将薛仁贵所得，后又流传到岳飞手中。公元1142年，岳飞被冤杀后，湛卢剑不知所踪。

东晋干宝志怪小说《搜神记》中的《三王墓》，讲述干将、镆铘的故事，把"铸剑""弑君"和"复仇"演绎得扣人心弦。鲁迅在此基础上，撰写故事新编《铸剑》，原题《眉间尺》，体现了强烈的复仇精神、原侠精神和抗争精神。眉间尺的至诚复仇，宴子敖的侠义高风，令人惊叹。时为1926年10月，鲁迅在厦门大学任职时撰写。

眉间尺传为春秋著名铸剑工匠干将、镆铘之子，名赤，因眉距广尺得名眉间尺。其父奉王之命铸剑，三年炼成两把剑，将雌剑呈上，雄剑则托付妻子。他预先交代后事，待生下孩子，抚养成人，替父报仇。果然，剑成命丧。眉间尺长大后遇"黑色人"宴之敖，托付其复仇。宴以会异术之名，奉其首级进献，掷于鼎内，随波上下，为王表演"把戏"。王站在鼎边探头看，"刚在惊疑，黑色人已经掣出了背着的青色的剑，只一挥，闪电般从后项窝直劈下去，扑通一声，王的头就落在鼎里了"。黑色人亦自刎。三头融于一鼎，最终只得一同置于金棺里落葬。莫言曾激赏，《铸剑》是鲁迅最好的小说，也是中国最好的小说。

此次来到欧冶子铸剑之地，重温鲁迅先生近百年前所撰《铸剑》，眉间尺的故事，耐人寻味。距此遥迢数百里，两千多年前，松溪湛卢山，竟演绎了一段欧冶子及干将、镆铘的历史活剧。

显然，《铸剑》系"故事新编"，不能与史实混为一谈。然而，替天行道、匡扶正义的精神，烁古震今，辉映松溪漫漫历史进程。

明嘉靖二十一年（1562），松溪民众同仇敌忾，冒死抗倭，孤城碧血四十一天，一百多位英烈为国捐躯，"壬戌之役"惊天地泣鬼神。

大革命时期，"路下桥暴动"如一声惊雷，震裂黑夜，揭开建松政农民起义风暴的序幕。

剑文化源远流长。"亮剑"精神激励国人，继往开来。

三

湛卢之谜，谜三，即清凉寺之布局。

著名诗人蔡其矫曾于1986年和1987年两度造访湛卢山。第二次游览时，留下诗篇《湛卢山》。全诗54行，多为抒发思古之幽情。

千年历史的古道

所有绿苔青藤

用隐约模糊的细语

云披雾绕吴山头古村

回答无数疑问

……

其中一个疑问,"人民为纪念他／在这座高峰立祠建庙／山成了剑的象征",何以"千年来,纪念祠让位／金身佛像占了正座"。

蔡其矫接着以诗作答:"这是一种调剂／杀伐太多／需要大慈大悲"。

湛卢颇多摩崖石刻。"吟室"附近,便有一处"陟岵台"。《陟岵》出自《诗经·魏风》。"陟彼岵兮,瞻望父兮。""陟彼屺兮,瞻望母兮。""陟彼冈兮,瞻望兄兮。"描述了远方游子眷念亲人的情感。登高望乡,让想象"出了声"。弥漫思古幽情,思乡情愫。

君不见,一代大儒朱熹缓步古道,策杖行吟《登卢峰》——

卢峰一何高,上下不可尽。
我行独忘疲,泉石有招引。
须臾出蒙密,矫首眺天畛。

已谓极峥嵘，仰视犹隐嶙。

　　新斋小休憩，余力加勉邑。

　　……

　　"新斋"，亦即朱熹在湛卢山所筑"吟室"。朱夫子的文声，而今尤为世人推崇。

　　吟哦朱熹的《湛卢山赋》，犹登其山，犹睹其剑。仿佛随其导引，步入构居南麓的"吟室"："时而玩峰头之月，时而鼓洞口之琴，时而倚檐前之竹，时而听窗外之禽。"文人之雅趣韵味无穷。

　　湛卢山脚吴山头村，是福建省特色文艺示范基地"湛卢诗歌村"，每年举办以湛卢文化为主旨的创作笔会、诗歌朗诵、文学讲座、联谊活动等。我们盘桓多时，漫步诗歌长廊，观赏古今诗歌佳作，仿佛穿越时空隧道，徜徉于历史长河里。

　　我专程造访了松溪县湛卢宝剑厂厂长范志华。只见橱窗里陈列着各式宝剑，仿古剑、健身剑、装饰类剑、武术比赛用剑，林林总总。接过传统工艺美术企业示范基地申报表，厚厚的一本，目录上，多达18项。资料表明，2011年12月，湛卢宝剑铸造技艺被列入福建省非物质文化遗产保护项目；2018年2月，福建省文化厅命名范宝华为该项目代表性传承人。湛卢宝剑商标于2009年2月被评为福建省著名商标，并荣获"2016年全国商业诚实守信道德模范"荣誉称号。尚有中央电视台《走遍中国》栏目进厂拍摄采访湛卢宝剑手工磨砺工艺照片，图说特别强调，"与电磨相比，使用手工水磨"。一桩桩，尽显工匠精神。荣誉背后，是心血和汗水！

一柄湛卢宝剑，当年血溅沙场，如今进入民间，亦健身亦娱乐。

战争与和平，随时代演迁不断转换。今日之寰宇，人类命运共同体，终极目标岂不正是，"为万世开太平"，"为天下谋永福"！

走进"八闽旅游景区"
松溪
SONGXI

古渡遗梦

□ 少木森

多年前到松溪，我来过这个梅口村，那时候游的是古渡口遗址。今日重游，游的已经不再是遗址，而是修旧如旧的梅口古渡口。这里曾经既摆渡从此岸到彼岸的行人，又转运旅人与货物出入松溪，老早就是进出松溪县的重要码头。它始建于宋代，明代洪武年间形成规模，成了一个大埠。所谓"埠"，原指附建于河堤的构筑物，后来特指建筑物众多，形成一定规模的码头、河埠、船埠之类。这个梅口渡口，早就称之为梅口埠了。

这一次，我走政和，走松溪，对于采写的古渡口，我都用一句话或一个词归纳。比如，对于西津古渡，我说"遗址遗梦"；对于护田古渡，我说"渡头蒹葭"；而对于石圳古渡，我说"旧事乡味"。无疑这多是以世事沧桑的视角，触摸古渡口的历史，记住乡愁。当走入这梅口埠时，我脱口诵了《论语》的一句话：郁郁乎文哉。这句话出自《论语·八佾》，是用来形容文化和文明发展非常茂盛和丰富多彩的，当然也是孔子对远去的周朝文化的赞叹与怀念。游这个古渡口，我无意中用了这么个文绉绉的词来说事，是因为一踏入古渡口就感受到这里古渡文化丰富多彩，底蕴深厚。虽然古渡口的繁忙历史已经远去了，而留存下来古渡文化依然熠熠生辉。徜徉其中，能让许多悠远的记忆延伸到我们的梦中，能让我们的一颗心暂时放松一下，停泊在浓浓的树荫下，清清的流水里。

进梅口村，先要走入一片古香樟林。据说，林中现存108棵古樟树，每棵皆有百年以上树龄，最古老的一棵则已经有近五百年树龄。或许是水土条件优渥，这里每棵香樟树都长得高大，枝繁叶茂，遮天蔽日，绿荫与芳香愉悦着人们身心，让人自然而然放慢了自己的脚步，甚至像倒踏着时光往回走，感觉回到了很久很久以前。那棵香樟树王有着神奇的"连理枝"，我们仿佛一下子回到唐朝，一个个情不自禁地诵起白居易《长恨歌》中那经典的诗句"在天愿作比翼鸟，在地愿为连理枝"，体会唐玄宗和杨贵妃爱情故事的悲欢离合了。我转头看到了前面新修建的比武擂台，这么个古装剧常备的场地，几乎把我们直接带入了历史的大戏中。

历史上，这里有三条著名的文化之路与古渡口相关联。一条是中俄万里茶道，一条是海上丝绸之路，一条则是浙东唐诗之路。我们循着导游的手指方向，举头看见了那两根巨大的樟树枝干天然地交接在一起，形成"连理枝"奇观，自然又应景地诵读《长恨歌》，也应景地想起了以这个地方作为一个节点的浙东唐诗之路。想起那时候的文人诗客，从遥远的长安城出发，或从陆路，或从大运河乘舟，从西兴的西陵渡和义桥的渔浦渡进入萧

梅口古渡（朱建斌 摄）

山，然后从浙东运河溯剡溪而上，一路观景，一路吟诗，留下了许多脍炙人口、流芳百世的诗篇，文采郁郁。清朝时期瓯宁县知县陈朝俨也不忘来此做一趟"诗游"，写下了一首诗《舟泊梅口》，留有"一气涵空秋更静，四周环匝夜如银"和"我欲扁舟上溪住，天随不愧古遗民"的佳句，留给了这个古渡口又一缕郁郁文采。

走出香樟林，我们就到了松溪边。松溪像一条长龙，发源于浙江庆元县，游走于崇山峻岭中，越过松溪县城来到这里，形成了更平坦的河床、更宽阔的河面，一溪清水滔滔向南流。这松溪沿河两岸自古多植乔松，因而自古有"百里松荫碧长溪"的赞美诗句。如今，岸边树绿草翠，有许多不知名的野花在开，有一些不知名的鸟儿在飞、在叫。沿长堤望去，一条石圳从岸边延伸到溪流中间，两艘小船泊在堤岸边，船帮插有镶黄边的红旗，飘动在风中。不远处，一群野鸭在溪水中欢快嬉戏、觅食，偶尔传来几声嘎嘎的鸣叫，仿佛在赞颂这松溪的水暖风清，便更显出这一条河的人间气息和随处可见的生机活力。

其实，这里自古就充满人间烟火味与生活活力。据《松溪具志》和《建瓯东门码头船运史》记载，当年松溪的茶叶、瓷器、木材、桐油等货物，从这里通过水路运出，抵达建瓯，辗转福州，销往全国或东南亚和日本。鼎盛时期，埠口河面同时停泊或行驶着200多艘商船，忙碌着500多名船工。到了20世纪50年代末，松溪县修建了公路，通了汽车，水运才减少了。但那时候多数河道还没有桥梁，汽车无法过河，于是这古渡口仍在起转运作用，人或货物经渡船转运而达两岸。到了20世纪70年代，公路上多架设了桥梁，汽车直通了，古渡口、古码头才逐渐淡入历史的尘烟中，成为古渡遗址。

这些年，居于文化保护与文化旅游开发的要求，松溪县修缮了古渡口码头，还依古制古法做了必要有加宽、加高，通往码头的地上铺出了多条蜿蜒的青石板路，水边坡头恢复了拴船桩、货物集散点和古代交通令碑，码头附近则恢复和修建了打铁铺、水车坊、茶楼、古城门、梅口书院、钞关衙门等建筑，郁郁文采再现古渡中。当我们驻足于交通令碑前，开口读出"贱避贵、轻避重、少避老、去避来"的古代交通规则时，郁郁的古渡文化更感染着我们了。

梅口埠素有"18码头18巷，18巷里18姓"之说。每个巷子都住着一个姓氏的大户人家，巷子直通河边，他们各做着自己独有的生意，慢慢形成了各自的私人码头。不管是陆巷、叶巷、范巷、陈巷、张巷、邱巷还是尤巷，它们的主人都是专业的商家与船家，每条巷子进出的货物只有一种，或茶叶，或瓷器，或木材，或桐油，互相之间绝不重样。于是，各家码头也就形成了各自的埠头驳岸，活跃着不同的船工、不同的挑夫和不同的账房。不过，早年的很多街巷已经不复存在了，迄今保存较完整的只剩

仪制令

陆家、叶家、范家，他们曾是十八个姓氏中生意做得较大的船家，如今又是这古码头十八姓氏文化遗迹的代表。站在梅口村古渡口，你一眼能看到古色古香的"梅口埠"牌楼以及梅口埠街各条巷子那些明清风格的传统建筑，它们交相映衬，显得古朴清新而有活力。

历史上三条著名的文化之路与这里相关联，其中一条就是中俄万里茶道，另一条则是海上丝绸之路。据考证，松溪自古就是武夷山重要的茶产地之一，自清代康熙年间武夷山茶叶大量销往俄罗斯，形成中俄万里茶道时，松溪便向俄罗斯远销茶叶。当时松溪的工夫红茶成批量地从古渡口转运出去，经政和、建瓯、建阳，到达武夷山的下梅村茶叶集散地，融入了中俄万里茶道，万里遥遥，远走俄罗斯。2018年8月，一个俄罗斯采访团以"重走中俄万里茶道"为主题，探访中国福建、江西、湖南的三个茶叶产区，并走访茶农、茶行、茶商、茶研究学者，体验17至19世纪茶叶从一个个原产地聚集到汉口码头，再从那儿北上、远销俄罗斯的历史情景。人们赞叹不已，在现代化运输工具出现之前的数百年里，茶叶经一路辗转，行程万里，先是肩挑车推，再是船行江河，接着骡马穿梭、驼队悠悠，何等漫长而艰难，留下的是何等珍贵的人类文化遗产！

历史上，松溪的珠光青瓷通过水运，抵达建瓯，辗转福州，销往东南亚和日本，汇入"海上丝绸之路"。2019年8月，国家文物局发布了"南海I号"保护发掘项目考古工作成果，18万件文物其中便有盘底署有"吉"字的青瓷盘。那"吉"字青瓷盘正与松溪九龙窑遗址发掘"吉"字青瓷盘瓷片相一致，正等待着专家

连理亭

进一步的对比研究，以佐证松溪瓷窑、松溪古渡口作为"海上丝绸之路"起点之一的文化历史。

诚然，梅口埠是松溪最大的古渡口，开发得最早，也开发得最好。2022年底，梅口埠景区已成功获评国家4A级旅游景区，梅口村也获评2023年中国美丽休闲乡村。2023年以来，景区已接待游客超100万人次，以旅游产业带动乡村振兴的目标正在逐步实现。然而，它不是松溪唯一的古渡口，松溪县域内共有五个古渡口，都具有郁郁多彩的古渡文化、古码头文化，都汇入中俄万里茶道、海上丝绸之路和浙东唐诗之路。无数松溪文化的有心人、有识之士、有为之士正在做着进一步的研究、考察与挖掘工作，及至一一修复，那这里的古渡口、古码头文化，定会让人由衷赞叹：郁郁乎文哉！

神奇五福桥

□ 陈国发

在重峦叠嶂、河流纵横的闽、浙边界若干县市，从宋代起始，这里的工匠和民众世代传承，挥洒聪明才智，不辞辛劳，遇水架桥，遗存下300多座廊桥，它像一道道彩虹，飘落在绿水青山之间，跨越千百年，依然美丽，依然鲜活，依然实用。

在多种式样的贯木拱廊桥、木伸臂廊桥、木撑架廊桥、简支梁廊桥、石拱廊桥中，全国现存最长的木伸臂古廊桥，即松溪县的五福桥，长达108.8米、宽5.6米，是闽东北、浙西南古廊桥的代表作。

五福桥取名"五福"源自《书经》，是长寿、富贵、康宁、好德、善终之义，承载着松溪人对美好生活的不懈追求，对生命意义的虔诚祈福。

从县城驱车约半小时，即可达渭田镇。穿过街道，沿河而上百余米，历史悠久的五福桥，犹如青龙汲水，横卧在波光粼粼的河流之上。据《松溪县志》记载:五福桥始建于明永乐九年

(1411),明正统十二年重建,清咸丰八年(1858)毁于兵火,光绪二十九年(1903)重建,1952年局部水毁,1953年重修,1981年列入县级文物保护单位,1983年修缮,现为省级文物保护单位。

从远处眺望,五福桥更像是一位古代官员,桥中央升起重檐翘角亭阁,就像官员头戴的乌纱帽,两侧檐下披着的三层风雨挡板,好似官员的衣袍,南北两个门像官员的双手,厚实的四个桥墩似穿着官靴的双脚以及两旁放置的书柜。他威严地端坐,注视着人世间的兴衰荣辱,悲欢离合。

五福桥南北两边,设置两门,端庄对称,古朴典雅,牌坊式石拱门,门顶重檐三层挑角结构,中央竖题"五福桥"字样,两边"八仙"护卫。门墙上有砖雕花卉、狮子,各有一副对联,南门"安澜成砥柱,利济胜舟兴",横批"风清坦道",这是民众对五福桥的由衷赞颂,并寄予的美好希冀。北门"恍步阿房犹睹何龙卧波,若登霄汉复逢是鹊桥填",横批"司马题留",引自唐代诗人杜牧的《阿房宫赋》,意境深远。

两幅楹联还蕴藏着一个美丽的爱情故事。相传建桥前,南岸有位英俊少年时常到河边垂钓,望着北岸美丽的浣纱少女。长此以往,俩人遥望生情,却遭遇家长反对,女子郁郁寡欢得了相思病,男子闻讯来到河畔失声痛哭,发誓要营造一座桥,把对岸的女子娶回家。乡亲们深受感动,口口相传,终于传到遥远的皇宫。感念这对男女的忠贞爱情,皇帝特批建造了五福桥。"恍步、鹊桥"即两人终于相会,恍然如梦,泪雨红装,亦悲更喜,五福桥成为"鹊桥",见证了有情人终成眷属。

进入廊桥，犹如穿越时光隧道，南面由石板和长条砖"人"字形铺就，突显阳刚之气，北面用石板和鹅卵石铺设，卵石柔和圆润，阴阳平衡。凹凸不平的桥面，见证了数百年的车辙马迹，商旅繁茂。桥中央上方题"众志成城"，下方题"赛濠观"，屋面升起重檐四方翘角亭阁，翘角各吊铜铃数只，风吹过来，叮当作响，清脆悦耳。桥屋35间，四柱七檩，抬梁屋架，歇山顶，用柱144根，高6米；两侧设有木构栏杆与板凳，供行人休憩和歇肩；檐下风雨挡板，刻有镂空的寿桃、葫芦等寓意"五福"的窗花，造型简洁拙朴。

漫步五福桥，就像走进了五彩斑斓的画廊，在亭、阁、栋、梁之间的枋板上，绘制有《东周列国志》的分分合合，《三国演义》的战乱纷争，《说岳全传》《水浒传》的舍生取义，《西游记》的唐僧取经、神仙妖怪，《红楼梦》里的男欢女爱、世态炎凉，新中国开国大典的庄严雄伟……千幅栩栩如生的优美画作，让人应接不暇；细细品味，感觉中华优秀传统文化在此汇聚，穿越千年。

画廊作者是全国政协书画创作室国家一级美术师、享受国务院特殊津贴的陈良敏先生。1983年，松溪县重修五福桥，公开招聘画师，陈良敏先生一举夺魁。初次踏入五福桥，他心里一怔：这么长的桥，上千幅画能不能完成？何时才能完成？身体是否扛得住？一连串疑惑，在乡村干部的大力支持、房东的无私奉献、优良的自然环境的融合下全部化解。他信心满满，每天夜晚在煤油灯下伏案构图，白天则挥毫作画妙笔生花。6个月后，千余幅精美画作呈现在廊桥上，无比鲜活，光彩照人。

陈良敏先生至今记忆犹新，作画半年，天时地利人和，由于造桥工匠的智慧，即便盛夏时节在桥上作画，也并不感觉酷暑难耐，而是凉风阵阵吹来，甚至没有蚊虫叮咬，未见过一张蜘蛛

五福桥（王大伟 摄）

网，很是神奇。

　　与静态的画卷相比，动感十足的端午"走桥"民俗活动，更是年复一年，经久不衰。据《渭川史》记载，每年的端午节当天,十里八乡的信徒和民众如期而至五福桥,念佛经、点香烛、焚经纸,为全家祈福;投粽子到河里喂鱼虾,纪念先贤屈原,保护其免受伤害,场面壮观,热闹非凡。

五福桥南北走向,两台四墩五孔,为全国同类廊桥孔数之最。桥拱采用松原木纵横井式叠架而成,以三层伸臂方式逐层挑出,每层12-17根圆木,伸臂端悬挑2米,根部高1.4米,承重的底层由11根圆木排成,全为榫卯结构,不用一根铁钉,支起整座桥梁,负重压而不欹,经风雨而不腐,历百年而不朽。

长长的五福桥,最奇特是四座鸟形桥墩,就像四只相互依偎的雌、雄神鸟,安静地浮在水面上。桥墩尖端向上游挑出,四只鸟头造型可爱,雌鸟文静平和,清秀纤细,丹凤媚眼;雄鸟憨态可掬,圆润饱满,目光炯炯有神。无独有偶,武夷山市馀庆桥、浦城县镇安桥如出一辙,不过这两座桥均只有两个鸟形桥墩。

图腾崇拜是远古部落的普遍现象。闽北古人对鸟的崇拜,可追溯到闽越国。越人源于对鸟类飞翔能力的羡慕,对鸟类畅游江河湖海的向往,对鸟类生殖能力的敬畏,形成鸟图腾。越人南迁入闽,与原住民融合形成闽越族,鸟图腾得以传承。

建阳崇雒乡是福建鸟图腾的遗存源头,世代相传的鸟步求雨舞,模仿鸟类的跳跃和飞翔,形成了独特的宗教祭祀舞蹈,原本当地还有鸟的祭祀庙宇,可惜在1990年消亡了。因此,以建阳为起点向外辐射,周边区域的各类古建筑,时常会发现鸟图腾的遗迹。先民认为鸟有超强浮力,鸟形桥墩能消除灾害,只要洪水涨到鸟脖子,鸟嘴轻轻往下一啄,洪水便会自行退去;鸟背上的一方石块为静心石,令鸟静下心来,不想飞走,永久为民众带来安

五福桥大门

全,带来福音。

　　神奇五福桥,以其独特的工匠技巧、视觉艺术、文化价值,融进了大地阡陌,融进了百姓心灵。悠久的鸟图腾留下了四只丰腴的神鸟,一如既往地浮在河面,呢喃细语中,快乐地驮着长长的廊桥,目送两岸乡亲福来福往,一路畅行,赠予游人一片片神奇的羽毛,捎去一个个飞翔的美梦。

白马山传说

□ 吴衍连

白马山位于松溪县城东北20千米处，是福建省级自然保护区。两峰十三景的白马山与三峰十六景的湛卢山齐名，是松溪境内两座历史名山之一。白马山风景秀丽，移步换景，云蒸雾绕；山中奇石星罗棋布，古树参天，翠竹连绵；奇花异草，馥郁芬芳，藏珍稀濒危野生动物。山中有久福寺、狮子岩、孕猿观月等十多个景点。

条条大路通白马：你可以驱车从官村对面铜钵的乡间公路直达久福寺；可以驱车到项溪村步行上山；还可以从祖墩岭完村的圃场上白马山。

白马山是松溪八大山头之一。白色是浪漫和纯洁的象征，常常给人养眼、养心的美感。白马山就是一匹英俊潇洒的白马。

白马山何以成名一直是我心中的困惑，问及老人，大抵有两种说法：一是说远眺俊俏的山峰犹如马的体格，它腾空的一只后腿交叉在前腿，而如弯刀一般弓起的山脊正是马背，山脉的弧线巧妙地勾勒出马的风度、山的气魄，所以叫白马山。另一说法是相传元末明初，陈友谅与朱元璋争天下，陈兵寡不敌众失败，后在红岩岭被明将斩杀。他的三个女儿聪慧，看大势已去，后面又有追兵，急中生智倒骑白马往山中进发，说也奇怪，白马竟顺从地倒着往深山前行。原来那马是神仙的坐骑，专来救三姐妹的，三姐妹躲在山上织麻度日，后来得道成仙，她们的故事在民间流传，于是该山便叫白马山。

深山藏古寺。白马山上的久福寺始建于元朝至正二十五年（1365），明洪武二年重修（1369），清康熙九年（1670）扩建。风雨沧桑，世事嬗变，再一次到久福寺我见到的是用大块条石竖起的新大门，大门上用红色书写的"久福寺"三字格外显目，而旁边用金粉书写的"唯心净土何时悟，自性弥陀不用参"更是道出了参禅悟道的哲理。进入大门转个弯可看到被岁月侵蚀的旧大门框，大门旁立着一块青色花岗石，石上刻有"蓬莱境"三字，横楣刻"别有洞天"四字，两边有副楹联"庙貌重新结福地、佛光普照成洞天"。白马山是洞天福地。

福是修来的，久福寺供奉的吴公老佛是当地善男信女修行最为灵验的一尊佛。传说吴公老佛上白马山路过祖墩古油村，不小心损坏农田里三棵稻穗，于是自罚留在祝员外家当长工三年。吴公老佛在祝员外家三年，祝员外对他倒是好，但祝员外的老婆却是百般刁难。佛是要吃斋的，可东家嫂却偏偏和他唱反调，每逢吴公去田间劳作要带饭菜时，她就故意在饭菜里埋下泥鳅。吴公看到此景就用筷子把泥鳅一条条放到田里，口里说："畜生，你去吧！"说也奇怪，这些被放到水田里的泥鳅立马就摇头摆尾地

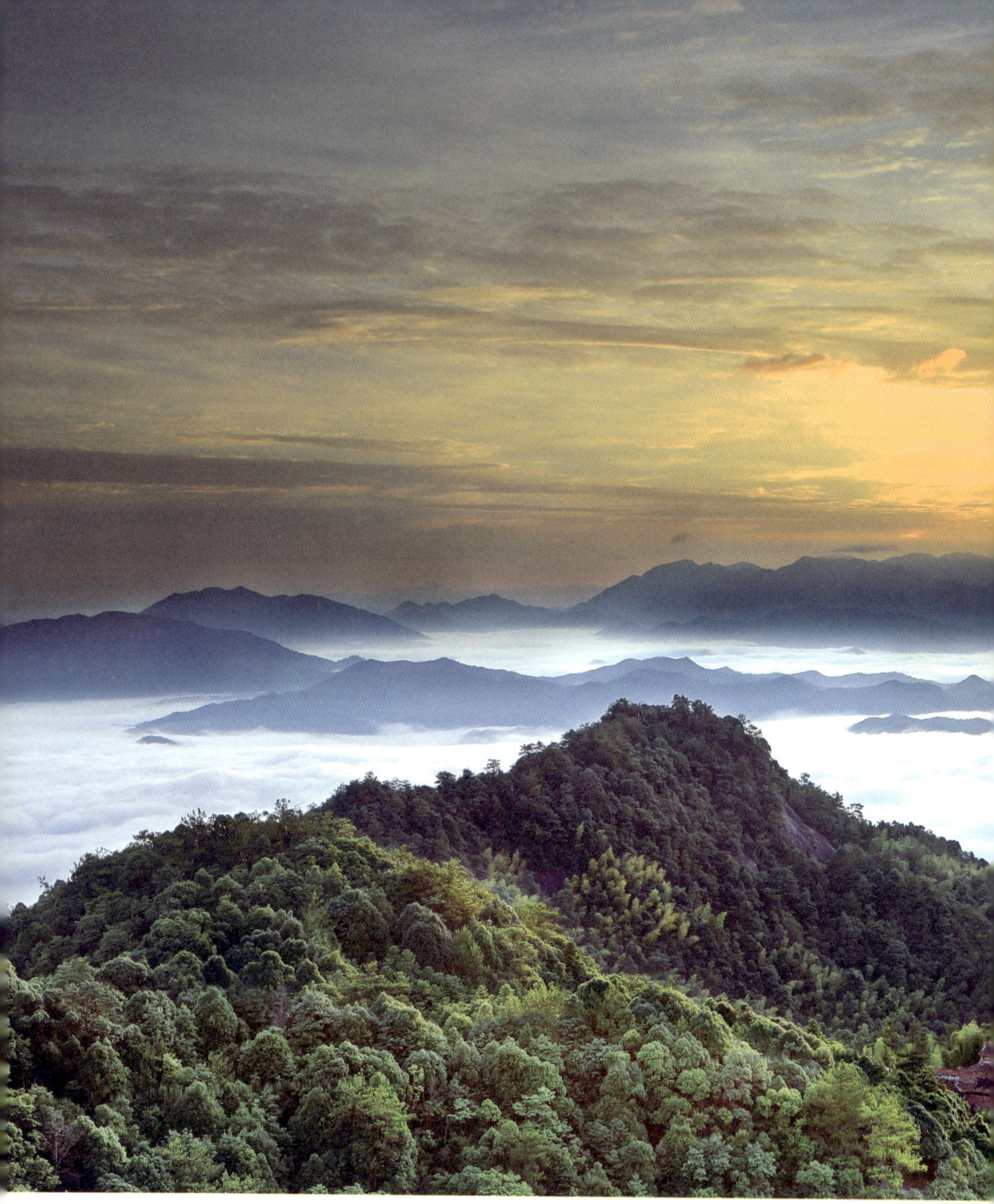

白马山日出（王大伟　摄）

游起来，只是在被筷子夹过的部位留下白痕。至今在古油的田里还可经常发现颈子上有两道白痕的泥鳅呢！

东家嫂的恶行处处显现，吴公去耘田时，要把田里的水放干，她就不准上丘的水流过下丘。老吴为了不与她争吵，只好另辟蹊径，让水另寻出路。古油的农田至今还常发现漏水的窟窿，田水不知流到哪里去了，田里的窟窿就是吴公当年留下来的。

邪不压正，恶行终将被揭穿。吴公三年期满，祝公交代备办酒席为吴公饯行，本性难改的东家嫂依然煮了一碗淡一碗咸的菜，但是却端错了，把淡的端给祝公吃，祝公吃了一口觉得很淡，就骂道："你这女人真黑心，煮菜都不放盐，叫人怎么吃？"吴公听了知道是端错了，说："东家，你这么不会忍，一口都咽不下，我这三年顿顿都是吃没放盐的菜呢。"祝公这才知道老婆三年里都这样虐待吴公。

三年期满，吴公要回白马山做佛，与祝公道别，祝公也想随吴公到白马山做佛，吴公说那你等会用我的洗澡水洗澡吧。祝公照办，打点完毕，准备随吴公上山，在门口遇到他的老婆回来。问及去向，祝公说明去意，他的老婆也执意要跟随。祝公说那洗澡水已被我倒入阴沟里了，他的老婆毫不犹豫地跳到阴沟里滚了两圈，起来时一身泥巴，已变成了一头猪。当祝公随吴公上山时，走到半山腰，吴公回头对他说：山上的位置已满，你就在半岭做土地公，受头炷香吧。从此，祝公成了半岭土地公，烧香的人头炷香先敬土地公，而祝公的老婆永远是头母猪。世间一切皆有因果，善恶报应如影随形。

说到底，白马山的特点和灵性易于他山。置身山巅，云雾在身边游走，若隐若现的山崖如一群奔腾野马。而陡峭的悬崖边一头雄狮仰天长啸，叫声响彻云霄，久久回荡，这便是狮子岩。相传吕洞宾骑狮过此，遇狂风暴雨，下骑避雨。等雨过天晴，他发现天狮已变成石头，只好腾空而去，原来坐骑看到这里风光旖旎，流连山色，幻化成石，与山日月守望。

爱是世间永恒的主题。邂逅一个心仪的知己，成就一段完美的婚姻，这是多少年轻男女心中的渴望。如果具有神话般的传奇那更是奇遇，他会让生活增添奇异的色彩和浪漫。松溪许多适龄青年都会上白马山的媒人岩，投石问婚。媒人岩在狮子岩附近，形如人，据说站在媒人岩对面山头，向媒人岩连掷三块小石，若能投中头部者，必遇月老为之牵线，成就美满姻缘，永结百年之好。

风调雨顺、国泰民安，是最能体现中华民族几千年祈福文化的写照。在白马山狮子岩附近，山顶上有这么一块奇石——观音浴盆。这块青石中间有一水槽，长1.3米、宽0.9米、深为3米，常年积水。相传盆水直通南海，永不干涸。如遇干旱，当地老百姓上山把盆水掏干，天空就会降雨。

站在观音浴盆顶上，你会感觉天离你很近，真是"不敢高声语，恐惊天上人"。记得几位同学合影，因大石三面凌空，摄影师只能站在靠山的一面，加上采用仰拍，把我们拍得个个凌空，让人觉得伸手就能触碰到天。

站在山顶，俯瞰群山，阡陌纵横，公路如线蜿蜒，溪流交汇，民居错落。远处云雾缥缈，山崖若隐若现。此时放飞心灵，自由徜徉，你也可以飘飘欲仙。

白马山狮子岩

纱帽岩位于久福寺西北，是白马山最边远的景点。该处地势险要，因形状酷似乌纱帽而得名。相传唐人韩湘子，唐长庆三年（823）进士，官至大理丞，但他淡泊名利，一心向往自由，得汉钟离、吕洞宾授以仙术，修成正果，为"八仙之一"后，将其纱帽抛弃至此，去云游山川。有诗《纱帽岩》云：

俗人酷爱求名利，我欲成仙万里游。

纱帽风成此中景，笑吟岁月几春秋。

因特殊地形地貌，白马山中怪石嶙峋，形成好多天然的石洞，有清风洞、蝙蝠洞、凤凰洞、观音洞……这些洞或立于悬崖绝壁间，或藏于大石块下，洞中有洞，凉风习习，是天然的避暑胜地。此外山中还有仙人梦床、孕猿观月、磨米岩等景点，春夏繁花似锦，蝶舞纷飞；秋冬山色缤纷，光影婆娑，山坡铺满落叶似棉被安静冬眠。蕴藏珍稀物种千年红豆杉，枝干粗壮，枝繁叶茂；还有乌冈栎，五子登科树等。

白马山不仅风光秀丽、资源丰富，还富有灵性，如一位哲人带给人启发。狮子岩威猛中蕴含着柔情，守护家园就是守护美好；媒人岩把爱的主题续写；纱帽岩的传说可谓是一个自由的灵魂看世界，令人向往。回过头看久福寺吴公老佛的修行经历，它却告诉我们佛的自由也是有边界的；而祝公夫妻行径的明显对比，更说明善良认会有好报，与人为恶终将被恶制服。做人应该要有道德的底线，自律、行善才能修成正果，达到思想和灵魂的远行。

游完白马山走下山时暮色已降临，转身回望白马山，绯红的晚霞笼罩了整个白马山麓，此时我不禁思绪万千，一股诗情涌上心头，轻声吟诵《白马山所见》：

古寺悠悠胜境藏，常闻钟鼓诵经忙。
参天红豆虔诚立，迎客赤松端正妆。
狮子岩边碧波涌，仙人洞外紫云翔。
媒人牵线无王子，白马至今情未央。

火山留下的遗产

□ 沉 洲

火山喷发是地球最根本的自然力量。它带来了温度、水分和重要的化学物质，把锁在岩石内部的碳重新释放到大气层，以至于地球获得的热量不会弥散到外太空，维持住了地球生物圈最合适的温度。火山的威力看似狂暴，毁天灭地的同时，在地球上重新构建起新的和谐循环，促使生命起源，万物也有了持续的可能。

在这个过程中，炽热岩浆上侵，在地表下冷凝结晶成岩层，这便是大陆地壳主要组成部分的花岗岩。而冲破地壳薄弱处溢出火山口的岩浆，其中一种叫基性玄武岩的，堆积在火山口周围，因其岩层表面和内部膨胀系数不同，冷凝收缩导致岩层破裂成大致六边形的柱状，被业界称为柱状节理。

火山运动属于地球机制的一部分，它改变着地球面貌，塑造出丰富多样的地质奇观。犹如举世闻名的红层地貌一样，存世的柱状节理地貌稀缺，观赏性极佳，往往成为旅游目的地。

八闽地处欧亚大陆板块与太平洋板块交界边缘，域内火山地貌普遍。闽北松溪县的松溪河畔，11千米的距离内，隔河存在着两处这样的地貌。有意思的是，在一次次的造山运动中，河东乡长江村圣者山的花岗岩，被整体抬升并出露地表；河西岩后村的玄武岩，则在千万年的时光里，经流水侵蚀、风化剥蚀和重力作用，柱状节理不断地分崩离析，从山顶延伸到山脚，石块倾泻成一条黑色瀑布，在绿色植被的疯狂遮蔽下时显时隐。

圣者山山麓的凉山寺前，我们从其中一条峡谷进入3A级景区——福当山峡谷。

在远古造山运动中，圣者山一带地层抬升，溪流向下的切蚀加大，河床来不及拓宽，遂成花岗岩隘谷地貌。由于这一带四季雨量充沛，植被覆盖率高，森林繁茂，即便久旱无雨，山里溪瀑亦不断流。此地山高水也高，清溪奔流中遇断崖一级级下落，各种瀑布精彩迭现。往上行进过程中，清水瀑、落英瀑、惊鹊瀑、宫羽瀑、天龙瀑……不时摊展于眼前，仿佛T形舞台上的模特儿，依凭山势倾仄以及水势强弱，一条条在山壁前秀身姿。环肥燕瘦，各具韵味。

沿着山势地形，在山谷清溪两岸，栈道时而左时而右，穿行于深壑幽谷之间，溪床水边，花岗岩顽石不断，肖形肖物；喷珠吐玉的瀑布下，碧潭连连。潺潺流水的山水乐谱上，点缀着长吟短唱的鸟鸣声，阳光筛过阔叶林树叶，在石阶上印下斑驳的影子；闽楠和苦锥的树干，石绿色的地衣画出一圈圈好看的图案。

大约到了半山，绿树葱茏的山谷撕开一罅，但见岩壁石骨嶙峋，托出顶部瓦蓝的天色，一股白晃晃的水花，裹着阳光兀现，那感觉就是从天而降。水花贴上峭壁立马呈扇面泻下，在背光的石壁上白练如丝，珠玑跳跃，仿佛天落玉龙那样闪着银光，故得名天龙瀑。它分为三级跌水，有60多米的样子，是福当山峡谷中最精华的景致，也是松溪县境内最大的一条瀑布。

好奇心骤起。欲眼见为实，确定这天幕后究竟还有什么，我离开主道，朝着天龙瀑顶的方向，识别着一条似有似无的小径，蹚野草跨灌丛追踪而去，爬到天落瀑布边上的山坡。我在山下以为的"天上"竟是一片缓谷，一条山涧淙淙而来，水边花岗岩裸岩缝中，是丛丛簇簇亮艳的过路黄和绿油油的山类芦。往前望去，水流渐渐消失在葱茏蓊郁的密林里。在那古树弥合的峡谷尽头，隐约闪出一线白亮瀑布，后来我听说那里可以通往小百丈自然村，那是一个革命老区基点村，现已退耕还林，原住民全部移居山下。

我们意犹未尽，下午又去了松溪河对岸的岩后村，车到外寨山半山腰，村委老艾已停好摩托车等在岔道旁。他多次为科考队当向导，对这一带地形地貌如数家珍。老艾手执砍刀在前，不时劈开几欲被杂树灌丛湮没的路径。路的一侧，显得规整的石块砌起石坎，据老艾说，这些都是就地取材的玄武岩，上面一层连着一层，尽是两三米宽的平地。老艾告诉我们，过去这里全是梯田，清一色种水稻，现在全部退耕还林了。他用刀背在覆满苔藓的石边敲起来，叮当的金属声脆响，砌石断处结构致密，墨绿颜色的新鲜面，呈现出点点铜色矿化物。

树林下横躺着一窝窝石块，石面被雨水溅起的土黄泥渍包裹。几百米后，前方亮爽起来，蓝天显露。但见30°的坡面上，

福当山大峡谷（朱建斌 摄）

上到山顶下至山谷，密麻麻的玄武岩石块顺着山势倾泻而下，坡面上铺出一条时窄时宽的褐黑色石瀑。石面虽然风化得失去了棱角，但方块雏形依旧。

老艾站在石块上，让我们就地往上登爬，这样能全面体验玄武岩石瀑的壮观。他笑着提醒大家，千万把手机收好，万一掉进石头缝里就难找回来了。石块堆垒，缝接着缝，谁知道滚石叠了几层，即便有力气翻动上一层，因为重力抵紧卡死，下一层的岩石，你使出洪荒之力也挪不动丝毫。

我小心谨慎地脚尖踩稳石尖，一步步来。这满坡石块，有点像冰川侧碛垄，只是石头颜色更深，彼此卡得更稳，看准踩稳了，并无丝毫松动迹象。这里植被茂盛，从黑石瀑的边缘往上，可见旁边的小树林里，碗口粗的龙须藤在石面上彼此纠缠，然后腾挪翻转，打着圈圈穿梭上树，阔叶树木被它的叶片纠缠，覆盖严实，圆柔柔的，已经没有了树冠该有的外形。也有不甘寂寞的猕猴桃和薜荔果的枝蔓冲出树林，旺盛得像水一样，在黑石上四溢漫流。阳光停泊在绿叶上，绿莹莹的一片，亮艳异常。泊附黑石瀑上的草本植物很特别，酷似高原所见，苔藓植物绿茸茸地包裹石块，上面长着水灵灵的袖珍小草。石缝里还爆出左一丛右一丛的地被植物，像喷泉似的兀然冒出来，那是一种叫大苞景天的一年生肉质草本，肥厚叶片簇拥着一窝窝细碎黄花，叶艳花亮。此刻，想象人如蚂蚁一般爬行其间，那就是一片遮天蔽日的森林。

我们往上登了一百多米，到了一小块平坦之地，黑石已然稀疏，像之前看到的那样，石块上裹着土黄泥渍，零零落落地消失在往山顶去的树林里。

央视人文地理栏目曾带着地质专家进入此地科考，除了东南坡这一片黑石瀑，另外坡面也有一些小面积的，还在山顶处发现了几处原生性的多边形玄武岩石柱支撑的山体，偏偏没有寻觅到火山口。就目前情况来看，玄武岩石柱山，在八闽大地具有稀缺性，仅福建东北部沿海的福鼎市和闽南龙海县与漳浦县的海边存在过。关于松溪黑石瀑，还是一个未解之谜。短暂科考后专家得出这样的结论：此山玄武岩核心区位于海拔550米，形成于2000万至300万年前，岩石以柱长50到60厘米、直径25到30厘米居多，出露地表可见面积约6000平方米，两端最宽处150多米，上下高差40多米。地质遗迹总体保持着原始状态。

　　眼前的黑石瀑，在森林前戛然"断流"，裸出一小块空荡荡的草地。老艾大概看出我们的疑惑，他挥手指着对面树林说，那里有一条废弃的机耕路，车可以从山下开上来。这里的空地上原先也是石头，都被搬空了。原来，距此几千米的前洋水库在1975年动工时，20米高的土石混合坝坡就是搬运这里的玄武岩作为主要用材垒就。

　　我在脚边找了一块不大的黑石搬起来，沉甸甸的，比重远超花岗岩。资料上介绍玄武岩具有抗压性强、压碎值低、抗腐蚀性强、沥青粘附性等优点，是修建公路、铁路、机场跑道上佳的基石。老艾说，曾经有人想承包这里的玄武岩炼铁，万幸没成，才留下这一片壮观景象。

　　离开途中，在山谷对面的路边，透过树梢间隙，我再一次回望黑石瀑。苍茫大山郁郁葱葱，翠绿一派的山腰上，被黑色划出一道隐约疤痕，这与我登爬时看到满目黑石的现场简直判若两重天地。

想象我们置身其间,连一只蚂蚁都不如,我无法不陷入沉思。

　　以人类为主导的这颗星球总是如此,在自然造化留给我们的遗产上改天换地,以获得人类社会所谓的进步和发展。然而,人类科技远未达到认识地球一切,还有很多奥妙等着解密。假以时日,人类也许会发现它们更大的价值。如果说福当山峡谷的花岗岩溪瀑司空见惯,那么外寨山的玄武岩遗迹鬼斧神工,堪称人间奇景,它既具有较高的旅游观赏价值,又具有科研价值,是研究中国东南地质演变的一个田野现场。应该说,这便是两处火山活动地貌留给人类的暗示。

大林坑原始森林(朱建斌　摄)

凤飞凰舞招沙甲

□ 黄河清

站在招沙河边，绿树掩映下的招沙甲畲族村，在陶渊明"暧暧远人村，依依墟里烟"的诗句中袅袅向我走来。纯净的蓝天，跳动的旭日，飘洒的白云，倒影在这清凌凌的碧练上，铺开层层涟漪。一排排的树木，悠然地昂起骄傲的头，向远处苍茫的绿蜿蜒而去。

有人问，乡愁是什么？是幽静拙朴的青砖小屋？是可以下水嬉戏的小河？还是瓜果飘香的田野？要我说，乡愁是有颜色的：有土地般厚重的岁月金黄，有自然强韧的生命绿，也有宽厚优雅的古朴白。岁月金黄那是家族的血缘密码，是家风的风骨气质。无数姓氏的良好家风汇集，就组成民族的傲骨和卷宗浩帙的辉煌历史。

招沙甲畲村自宋开嬉年间由雷姓人家由宁化迁入而开基，他们见此地后有月亮形山峰依靠，前有清澈见底的溪流相伴，便在这依山傍水的地方安居下来。村前的峡谷，因溪流中沙石积聚成洲，取名"招沙峡"。若干年后，有几户人家迁到了峡后的山坳中定居繁衍，并形成一个自然村落，后称"招沙甲"。

走过鹅卵石铺就的步道，穿过仿古门楼，我来到庄重肃穆的乡愁馆，眼前一件件遗传的器物，展示了畲族这一个源远流长的民族悠久的历史。畲民早在隋唐之际就已居住在闽、粤、赣三省交界地带，宋代开始陆续向闽中、闽北一带迁徙，约在明清时大量出现于闽东、浙南。畲民自称"山哈"，表明是外地迁往山里的客人，意为住在山上的人。畲族多以盘、蓝、雷、钟为姓。有一个美丽的传说：相传，远古盘瓠因护国有功，娶了高辛王的三公主为妻，婚后生了三子一女，因长子出生后放在盘里，故姓盘；次子出生后放在篮里，故姓蓝；三子出生时雷声大作，故姓雷；女儿招婿颍川郡的"国勇侯"钟智深，故姓钟。而招沙甲畲民至今仍以雷姓为主。

一阵清灵的童音飘过来，顺声望去，有位可爱的孩子双手合十，莹亮的眼睛虔诚仰望，嘴里默念着墙上的对联"心田先祖种，福地后人耕"，仿佛在聆听先祖的家训。遗存是有生命有灵魂的，那些坚如信仰的石磨，那些历经沧桑的碗碟，那些温润如玉的青砖，记录着历史，书写了传承。如果说乡村振兴是条远行的路，那乡愁必定是人们的精神明灯，保持着善良的初心前行。

1983年，松溪县茶洲水库开工。为支持国家建设，招沙甲群众发扬老区人民甘于奉献、勇于牺牲的精神，舍弃小家、顾全大局，献出耕田林地、放弃祖厝祖坟，移民人口占全村人口的79%。招沙甲人党群一心，汉畲同心，开始了一个美好新家园的建设。村两委把发展乡村旅游作为新村庄发展振兴的重要载体，

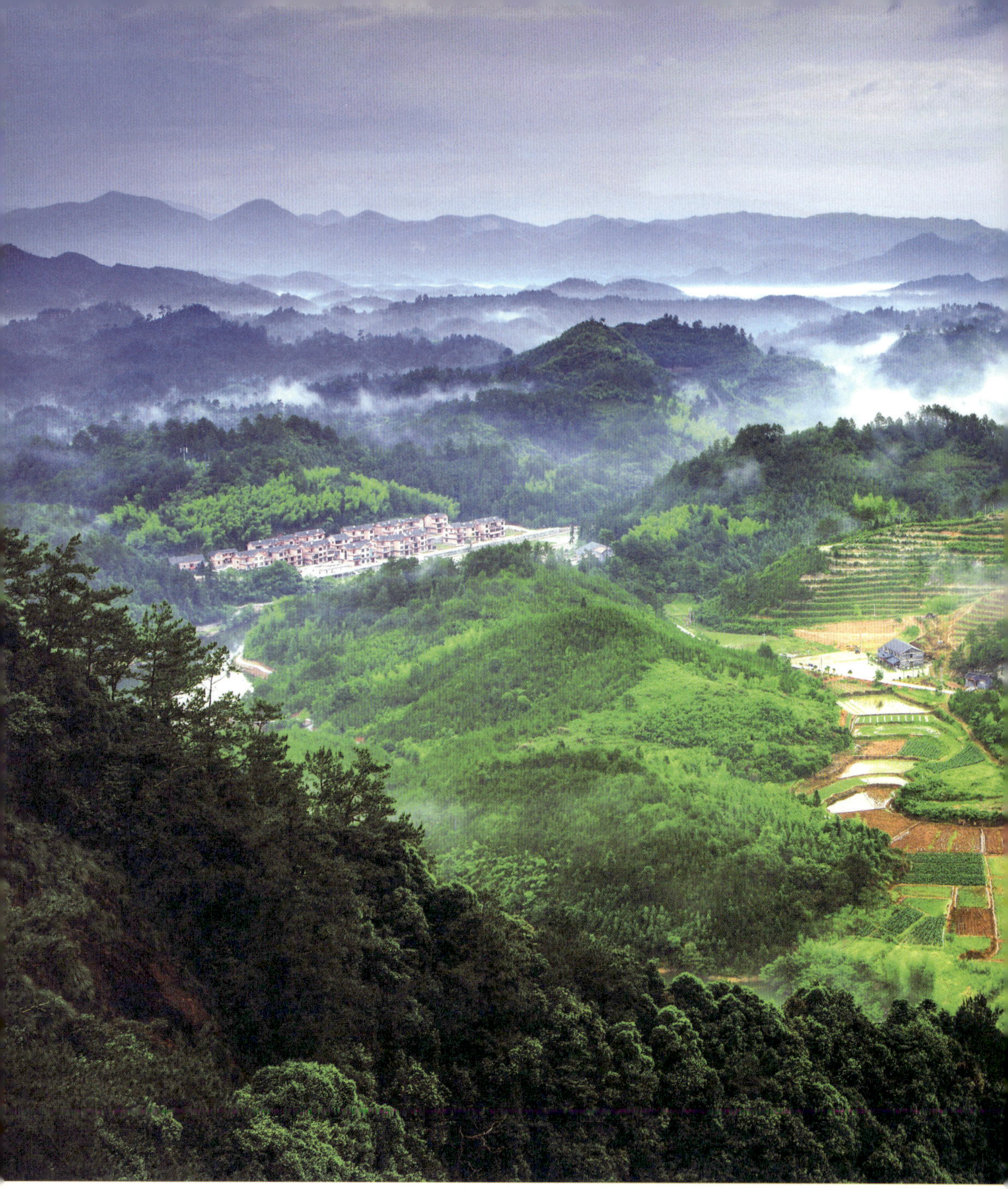

松溪畲乡——招沙甲（朱建斌 摄）

多次前往其他乡村旅游点参观学习，拓展乡村旅游产业发展的思路，成功引进了颐高集团招沙甲村文旅业态项目。他们依托招沙甲独特的区位优势、优美的生态环境、厚重的人文底蕴等资源禀赋，立足构建生态宜居环境，打造了茶洲湖步道、大林坑生态研学基地、山地越野车、丛林探险、露营烧烤、水库垂钓、玻璃观景台、水果采摘园、滑草场等一批多元休闲产业，并成功申报了国家3A级景区。近年来，招沙甲村先后获得中国少数民族特色村寨、国家级生态村、第二批国家森林乡村、福建省民族团结创建重点区重点单位、福建省先进基层党组织、福建省乡村振兴试点示范村、南平市红星村党组织等一批荣誉称号。

漫步在水泥铺就的村道上，一排排粉墙黑瓦的别墅依次展开，这里营造的风格和散发的气氛，是我偏爱安逸的乡村风情。村中心广场，一个亲民的悠闲去处。广场旁一涌清水缓缓流淌，为了净化水质，勤劳而智慧的招沙甲人，在河岸边种下了鲜花和水草，流水脉脉，花香袅袅，空气清新怡人。河岸上，枝繁叶茂的古榕和如火如荼的桃李花相互辉映。清风习习，花瓣簌簌地飘落水面，引来成群的鱼儿啄食、嬉闹。

广场上一座青石砌就的仿古长廊，老人们坐在石桌旁下棋、唱曲、聊天，小孩在宽阔的广场上骑单车、溜旱冰、蹬滑板……长廊边是十亩荷塘，此时虽然荷花未开，但田田的叶子已经高出水面，错落重叠，像极了舞动着的美女的裙。一缕阳光倾泻而下，荷塘里好一派"微风晨露漾粼影"的醉人情景。摇曳多姿的荷叶，又仿佛在静静地倾听着每天到这里的村民谈油盐酱醋，说家长里短，或议村庄建设，赞环境的变化。

茶洲水库的湾区在村旁形成了一个湖泊，循湖堤漫步，湖中百媚千娇的美人蕉、风姿绰约的风车草、清雅如兰的菖蒲和酷肖铜钱的铜钱草似乎喜欢扎堆，它们聚在一起看长湖流月，听蛙唱虫鸣。为了感念汉畲两族的兄弟友情，招沙甲村把这一泓湖水取名"同心湖"并在湖上修建了一座"同心桥"，意喻汉畲两族一衣带水，风雨同舟。湖边建有5个观景游憩亭，采用木质结构，造型简单、自然古朴，与周围山水巧妙结合，浑然天成。亭子里文化韵味很浓，镌刻于木板上的家风家训楹联"忠孝传家德为本，仁义处世信当先""传承廉洁家风，守护幸福家庭"等，不仅记录着乡村文化习俗，而且弘扬着中华民族的传统美德。我们顿时觉得"文若春华""思若泉涌"，忍不住要对这湖光山景吟哦一句古文"黄发垂髫，并怡然自乐"。

这两年，村里在同心湖上举办了"中行杯"郊野钓鱼大赛，"心怀感恩，传承孝道""小小红军"和"自助烧烤节"等活动，吸引了大量的游客，还组建了畲族婚嫁与舞蹈表演队，挖掘畲族婚礼遗习，编排畲族婚嫁表演，擦亮招沙甲风情特色旅游品牌，形成了集"旅游+康养+研学+民俗体验+水果采摘"于一体的休闲旅游胜地。这些带动了村里开办农家乐，提升乡村民宿，发展生态鱼、生态莲子、生态蜜等生态系列旅游附加产品，促进村财和村民收入结构逐步由以前的第一、二产业占大头，向第三产增收的转变。2023年村里共接待游客达2万余人，旅游收入超过40万元。2024年1至5月，村里共接待游客已超过8000人，营业收入近16.2万元。

绿色是大自然中最有活力的颜色，代表着希望、生命、宁

静、环保、成长、生机、青春……没有什么比"生命绿"这个普通又珍贵的颜色更能概括招沙甲了。招沙甲所处的大林坑是白马山省级自然保护区内面积最大的生态林，也是整个松溪县境内面积最大、最古老的生态林。区内自然条件优越，野生动植物丰富，是天然珍稀物种种质基因库。

　　1929年，在中国共产党的领导下，在这茫茫林海中举行了以花桥乡路下桥为中心的建松政农民暴动，树起了闽北土地革命斗

大美茶洲湖（王大伟 摄）

争的"第二面红旗"，建立起苏维埃政权，招沙甲成为红色武装的重要活动区域，直至松溪解放。

"水光明灭处，山色有无中"，碧波万项的茶洲库区由8条溪涧汇流而成，在招沙甲村十多千米处形成一个水域面积200万平方米的宁静优美的人工湖泊。碧绿清澈的湖水，缠绕着众多千奇百怪的赤色峰岩，呈现出一派美不胜收的"碧水丹山"景色，如同浓缩了的武夷景观。因此，这里被称为"小武夷"。坐上竹筏，筏在水中行，人在画里游。从招沙甲到茶洲水库大坝的5千米航线，有十三曲、十八弯，曲曲通幽处，弯弯开洞天。

　　无意间走到了村口的牌坊前，我竟然有些恍惚，仿佛这青灰色麻石砌成的牌坊是一个神奇世界的守门人，将喧闹繁华的都市和安静灵动的畲村隔在这道门前。不远处，一棵巨大的榕树，根须一部分裸露在外面，一部分狠狠地抓住沃土，虬粗的根钻入湖堤石头的缝隙。从没见一种树长得如此沧桑霸道却又温柔宽容，如同从百年前穿越而来的神物，慈爱地看着坐在他荫蔽光影里的人们。我问身边天使般的孩子，如果你是一棵树，你希望结出什么果实？她说我希望能结出绿色的糖果，那些糖果，都是春天的眼睛……我心里酥成一锅蜜，绿色的，自然的，是人性中最无邪的颜色。

　　如果你不知道理想中的乡村是什么样子，你可来花桥的招沙甲；如果你不知道洗净泥腿的村民又创下了哪份基业，你一定得来花桥的招沙甲；如果很久没体会到乡愁这种珍贵情感的滋味，请你来花桥的招沙甲。这里，乡愁镀上五彩缤纷的颜色：让你有归属感的古朴粉色，有文化底蕴的岁月黄，有蓬勃生命的自然绿，还有畲汉并肩战斗的中国红……从精神、家风、生态、产业，人们想要的宜居和理想，都在这迷人的村庄里，招沙甲人正和他们的凤凰图腾一样展翅翱翔。

巍巍昂首龙头山

□ 郭义清

松溪山多，有"八山一水一分田"的说法，其中最有名气的是湛卢山，最有故事的是白马山，最高的莫过于龙头山了。

龙头山海拔1349米，是闽浙两省、松溪、浦城、龙泉、庆元四县的界山，可谓"一山连四县，半步跨两省"。古时候，四县民间曾流传着"除了皇帝无大官，除了龙头无大山"的说法。清康熙版《松溪县志》载："延亘二百余里，传有飞仙乘白鸾栖其上，上有石坛，坛东有龙穴。"故龙头山又称鸾峰山。更为神奇的是，假如用弧线连接松溪、浦城、龙泉、庆元四县的县城，其形状酷似彩蝶，龙头山则恰为蝶头位置，蔚为壮观。

一

初识龙头山，是20年前在溪东乡政府谋事期间，只因登龙头山一直是向往已久的心愿，恰好溪东乡地处龙头山脚下，我便动了登龙头山的心念。

那是初秋,从秀美的西洋村出发,穿越一片片青翠的竹林,爬过一级级陡峭的石阶,看那一朵朵簇拥着不知道叫什么名字的花朵儿,向我热情地绽放。当我一路感叹,一路回首,脚下的村庄离我越来越远的时候,挥汗回首的那一刻,一座古朴的庙宇蓦然映入我的眼帘。那一刻,我长叹释怀,经过近两小时的艰难跋涉,终于登上了神往已久的龙头山巅。

那座古朴的庙宇便是"龙头山庙"。走进庙中,"弥勒菩萨"笑坐山门,神龛里的"华佗""张仲景"两位神医和"如来""观音"及"十八罗汉"塑像栩栩如生。寺庙的主事说,庙里常年香火不断,尤其在每年农历五月二十五和六月十五的香期,两省四县的信徒几千人云集进香,颇为热闹。

紧邻"龙头山庙"的一块山巅上,立着一块省界碑,那是2001年国务院竖立的第8号福建、浙江两省石界碑。站在界碑旁,放眼两旁,看到的都是连绵起伏的群山,天边与群山连接,白云在山间缭绕,阵阵山风扑面而来,溢满汗水的后背顿感丝丝凉意。

从寺庙的侧门走出,步入一座木制凉亭。我四处回望,两省四县地界尽收眼底,连绵群山,起伏延缓,群山蔚蓝成片,山顶云彩飘逸缭绕。站在山顶,真有"一览众山小"的感叹。此刻,一任仙风吹开我的胸襟,一任思绪在群山中放飞。置身其中,颇感一阵阵仙山灵气袭来,连同那美丽神奇的传说飘逸而至。

龙头山庙,古称鸾仙阁,建于南宋景炎年间,至今已有七百多年历史。民间流传着这样的传说,很久很久以前,福州府有三眼井，井水一热、一温、一冷，热可杀猪，温可洗浴，冷水冰凉。有一天，三眼井突然全部干涸，福州府立即派汀州府有名望的风水先生查找原因。先生沿山脉走向一路勘察，第三年到龙头山，发现庆元县三坑乡上坑村、岱根源村及炉坑村等有人在山顶焚烧木炭，破坏了龙脉，就让他们停烧三个月，言明一切损失给予赔偿。甚为神奇的是，只停了两个月后，福州府三眼井就开始潺潺冒水，恢复了原状。府台得知后，派官员把龙头山周围的山林、耕田悉数买下，委托吴家村村主出租，所得租金在原烧炭的地方建造了庙宇，便是后来的龙头山庙。

又有《吴氏宗谱》记载：宋朝宝祐年间，丙辰进士吴松龙任松溪县尉时，因在龙头山上求雨灵验，故在南宋景炎年间建立庙堂纪念。明朝武宗正德年间高山村李仲廷重修，明万历三年吴公裔孙吴马贤重复修葺。清朝时数经兵焚，殿宇几置荒烟蔓草之中，故在清康熙十四年吴廷兴鼎新重修，清嘉庆二十三年再修。

那一次，龙头山壮美的历史，壮观而清幽的景致，给我留下深刻的印象。

二

数年之后，我再次造访龙头山，是从浙江省庆元县黄田镇良官田村驱车而进。在良官田村停顿时，村里的老支书和老会计向我介绍了龙头山的革命历史。龙头山曾是红军、游击队的落脚之处，1943年陈贵芳率建松政游击队在龙头山巧施迷阵，与国民党敌军艰苦辗转激战，令敌人闻风丧胆。1947年中共闽浙边地委率

龙头山杜鹃花（王大伟 摄）

游击队进驻崔上村，先后攻打渭田、周墩、竹口、小梅等地，建立了党组织，成立了贫农团和民兵队。龙头山周边群众积极参与红军的战斗，为红军抬伤员，给游击队买米送菜、做鞋补衣。国民党部队恼羞成怒，对龙头山革命根据地疯狂反扑，许多群众为此遭受迫害，英勇献身。让我印象最为深刻的是，从官良田村去龙头山途中的"嵩峯亭"里，还留有当年抗日红军书写的标语。

"嵩峯亭"是一座简陋的土墙木质结构亭子，始建于何年已无从考证，标语就写在两边的泥墙上，由于年代已久，再加上上山砍柴的村民经常在这里休息，柴火靠在墙上磨损等原因，墙上留下的字迹已是残缺斑驳，有的字已很难辨认。

标语为黑字行书，每个字有脸盆那么粗。标语内容依稀可辨，两边分别写的是：欢迎白军士兵们拖枪过来当红军！共产党是抗日反帝的唯一领导者！落款皆为"抗日人民红军"，只是没有留下书写日期。回到良官田村后，村里的老会计热情地抱来两叠厚厚的资料，给我们推敲着标语的日期和由来，据他的讲述和翻阅有关资料，这两句标语应该是在松溪、庆元两县党史上所述1937年的"黄畲血战"中留下的。

据党史资料记载，1937年1月，红军一个支队的三百余战士，从松溪县的古衕村出发，翻越龙头山，到庆元三济黄畲村去捉捕一个土豪，但行动走漏了风声，被当时驻扎在龙泉县八都的国民党得知。八都与庆元黄田毗邻，敌人得消息后，立即从孙坑（今小梅镇）纠集四百多士兵，向黄畲村风水口、村后坳等三路包抄过来。红军在吃早餐时就遭敌人袭击，战士们奋起还击，边战边往双井方向撤退。战斗持续了四个多小时，因敌众我寡，加上不熟悉地形，红军只好向龙头山且战且退。一支被冲散的红军小分队向良官田方向边战边退，准备从良官田翻过龙头山回到古衕驻地。身心疲惫的战士们爬到"松峯亭"就地休息时，队伍中一位排长仍不忘宣传抗日，掏出随身携带的宣传工具，写下了那两条标语。谁知，由于耽误时间，被敌人赶上，排长被俘，后英勇就义。那两条标语成了这位红军排长宣传抗日最后书写的标语。

三

今年的五月，我第三次去了龙头山，只因有朋友说龙头山的杜鹃花浓烈壮美，我迫不及待去赴一场红色的花事。

农村长大的我，对杜鹃花并不陌生，小时候到山上砍柴，经常会在高高的山崖上看到三三两两的杜鹃花从石头缝里探出殷红的花枝。那红红的花瓣，那野性的美丽，天然而成，不加雕饰，纯真而朴素着我的童年。有时在砍柴中口渴了，小伙伴们还会争先恐后地爬到山崖上采撷尚有着点点露珠的杜鹃花来，双手托着花瓣，把遗留在花瓣上的点点露珠轻轻地倒入小小的嘴巴里用来解渴。那顶着我鼻孔红红的花瓣，透着清冽的香味，我们迫不及待地大口吸吮着它的水分和芳香。

长大后，一首《山丹丹花开红艳艳》的民歌，让我对杜鹃花有了更深的了解，知道它又名映山红，是我国三大名花之一。唐代诗人白居易形容杜鹃花"花中此物似西施，芙蓉芍药皆嫫母"。尽情渲染杜鹃花的诗句，更为杜鹃花增添了一层神秘的色

龙头山夜景（郑叶青　摄）

彩和无穷的魅力。

在龙头山，我还是被漫山遍野殷红的杜鹃花震撼着。杜鹃花就陆陆续续地开在山坡上，开在石阶路旁，开在石头缝里，时而稀疏，像邻家的小女孩，天真无邪；时而浓烈，像村头的少妇，热情似火，不失妖艳。

游人涌动，纷纷立在一簇簇艳红的杜鹃花旁，看枝头万紫千红，汇聚在一起，交织在一起，织成彩霞满天，织成色彩变幻的神韵。那独有的如诗如画的景色，那一朵朵、一簇簇涌向天边的烈焰殷红，如痴如泣，震撼着龙头山的美丽和磅礴。

在山顶的庙里，不期而遇良官田村当年的老支书和老会计，老人热情地拉着我，畅谈着龙头山旅游的现在和未来。眼前已八十高龄的两位老人，仍在为龙头山的旅游事业奔忙操劳，令我肃然起敬。这种精神，不正是龙头山当年红军为革命事业锲而不舍的追求体现吗？不正是龙头山的杜鹃花在石头缝里居险簇生、顽强斗艳、美丽众人的博爱体现吗？

七仙女曾住诰屏山

□ 禾 源

夜色降临,百里松溪两岸暮色苍茫,漫步在溪边栈道,沐浴着徐徐清风,看溪边垂钓,听岸上踏歌,在这动静相宜的景致里,我抬头仰望星光下的湛卢山,俯察波光里松溪水,体会着山是脊梁水是血脉的内涵,便把七仙女曾住过的诰屏山喻为二小姐山。

斗胆这样称谓一座山,凭的是天地经纬与纲常秩序共同编织的认知理念。《松溪县志》记载:"诰屏山,在城西北,山势秀耸,下有石如屏,堪舆家谓形似贵人展诰,昔人立亭其上,故名'诰亭'。"读完记载,我不仅得知诰屏山之得名,且知地理方位,诰屏山位居西向,如华构建筑中的西阁。自古小姐大者居东阁,次者居西阁。再看前人描述,形似贵人展诰,势为秀耸,就是山河中的闺阁之秀,还有人说这座山是雌山,以二小姐喻之算是贴切。

二小姐吧,比起大小姐肯定没有那副端着姿态的样子,既不

诰屏山（朱建斌　摄）

矫揉造作，也不骄横霸道。二小姐吧，应该是不施粉、不打扮，素面朝天，是无忧无虑的乐天派、可以把游玩当生活的有趣者。走入诰屏山，我确实找到了这种感觉，一进景区，在山门前，便见一群雄鸡列阵而过，有的昂首阔步，有的信步悠然，也有的还随机觅食，虽说形态各异，但精神一样饱满，鸡冠红紫，凤尾飘扬，气派十足，显出生机勃勃的气场。在这样的气场里，一切都有了山野雄气，就那座椴木横架的护山门楼一层层叠起山寨雄风，虽说无石无砖，无垛口炮眼，可一样有着"文官下轿，武官下马"的威严，二小姐当家的气息扑面而来。

中午的阳光格外耀眼，可一进山里，阳光被挡在树梢，它只能偶尔从树叶稀弱处窥视树下情形，可没想到它这一窥视反倒泄漏天光，在诰屏山的丛林中斜插一根根直通天宫的光柱。很久很久以前，七仙女下凡会不会就是随光柱飘呢？登山途中向导指指点点说着许多有趣的话题，他指着层层跌落瀑布说，这里是"轻风壶"，壶里有乾坤，轻风醒山谷，那些小树小草便是风的使者，不停地在向您招手；指着一个深潭说，这里是"仙姑池"，七仙女下凡就在这里沐浴；指着瀑布冲刷而出的三个石臼说，看这里水幽清冽，似酒陈酿，为当年七仙女酿献给王母娘娘的"三缸酒"；再看，那可是玉帝的玉玺印……这些景观故事向导一定说过无数次，但他没有倦怠之意，声情并茂，一次次地重复如同一片片的落叶，给这片森林的野趣培根追肥。

行走在厚厚的落叶上，沙沙声响，听到这声响，感觉是种原始呼唤，一根根粗壮的藤条把时光揉搓在一起，千年、百年，会同当下一道捆住了原始之态。我随着双脚划出的声响，问了声：

行走在这样的路上会有没有别样的感觉？同行的队友们各自表态，一句搭一句，应和着沙沙声响。有的说有些怕怕的，感觉踩不到实地；有的说挺有意思，每一步都有森林的回音。向导说，每一次都有不同的感觉，景区内树种合计32科64属，藤有百类，竹有13种，中草药有90多品，每一个时节它们都以不同的形态出现。你看那悬崖，前些日子杜鹃绽放，今天则开百合花，诰屏山是百科园。是的，是的！一位年轻人突然一位来了句"空山不见人，但闻人语响"，一片叶子一首诗，我觉得是踩着诗行登山，真有意思。这一路，看风景、听故事，识花果，认草木，兴致盎

然地登上勇者梯，在七仙女茶饮的金顶岩下小憩，而后直上贵人峰。站峰顶俯瞰松溪城，可以对着他喊，我在这里！过瘾后在回首之际，可以面对湛卢山，撒一回二小姐脾气，说上一句"湛卢山您有严父之威，让人望而生畏，呵呵！我这诰屏山则有二小姐之尊，可敬还可亲"。借着贵人峰的视野，每个人仿佛都有了贵气，那位善于诗句的兄弟又来一句"海到无边天作岸，山登绝顶我为峰"。向导哼哼两声，说贵人峰还只是诰屏山高峰览胜的一个看台，山上还有森林防火的瞭望塔，还有锦屏峰，都高过贵人峰，你登上了锦屏峰，再把这首诗念给诰屏山。

湛卢山映奎光塔（朱建斌　摄）

诰屏山，真与二小姐一样朴实无华，可敬可亲，她把所有的不期而遇，视作一次次的尘缘。她，借一阵风向你招呼，用一股清流向你致意，用一株小草考你心智，设一条云梯考验你勇敢，指一块巨石让你点化成形……站在贵人峰上为你加油，让你再上锦屏峰。这一路我们像义务巡山员，又像在做科普调研的大学生，又像爱听七仙女下凡的故事的小学生，陶醉在自然野趣中，就是擦拭一把汗，也有山野气息。

"诰展玄机仙姑点化千年事，屏凌汉表松邑显扬万古情。"尘封千年的松溪县历史文化名山——诰屏山，也就是这可爱的二小姐山，原来是民营企业家刘仁东打造出来的。图纸是他画的，路是他开的，石阶是他砌的，护梯也是他建造的……于是山里的故事不能少了他的故事。他出生成长在松源街道钱桥村，可他喜欢与机械打交道，开拖拉机、修理拖拉机，到开配件店，挣了钱，还走出大山，开阔了视野。可是不知怎么，他身体一天天胖了起来，身体渐渐也觉得不舒爽，几次看医生，医生说的话都差不多，多活动、多运动！从此一根钓竿伴随了他的生活，坚持8年垂钓后，他的身体渐渐恢复。2000年，他看到媒体宣传旅游，便上了诰屏山，他摸拍古树、攀援老藤，坐在石头上看风景，这一看，来了精神头，从此决定从水库上岸开始爬山。一天，两天，三天……走遍诰屏山，山中的"七仙女下凡"及"仙姑驾雾腾云送神茶到此救生灵"等传说的故事成了旅游开发的约引。2004年他承包下这座山，开始打造景区。他说：要开发旅游，决不能砍一棵树，有森林才有风景，诰屏山在他呵护下被冠以"森林人家"。

旅游景区的打造，必须集"吃、住、行、游、购、娱"六大要素于其中。刘仁东走出山外，取回真经，一边保护和开发自然风光，一边倾囊投入旅游设施建设，开辟出原生态自然景点和人文景观30余处；建设农耕器具展览体验室，展出谷砻、踏碓、石臼等几十件器具；建立野生珍稀动物园，特种野生养殖观园，野生千年古茶园、植物园，森林人家生态农业观光园、体验园等；开辟出"登山——森林浴——鱼塘垂钓——水果采摘""观赏动植物——参观农家设施""户外运动——自主搭建帐篷——露营"等不同趣味的多条旅游路线，集"游玩乐"为一体、"科普教育"为一身，配套农家特色餐饮，柴火灶温火炖土鸡，佐以青草药，让一股山野清香飘山外；建起"山里人家"让住客沐山风听天籁，看星星闻蛙鸣，沉浸在原生态的大自然里。

他的故事与路一样长，相陪直上瞭望塔，我们一起看松溪城，看周边群山。他指着坐落在松溪城西的塔山告诉我，松溪城周边群山座座赋形，有如卧狮，有如虎踞，塔山便是西门村的虎头山，因宋咸淳十年（1274）建奎光塔后被称作塔山。相传从前虎头山后丛林深处有一排洞穴，隐没着各色各样的野兽，后来了一条大蟒蛇，闹得附近乡村鸡犬不宁，村民惶惶不可终日，城里人出入都要绕道而行。此时，老猎户唐老大挺身而出，为民除害，可不敌蟒蛇，反遭其害。唐老大膝下一子名叫唐奎光，誓要为父报仇，出外拜师学艺，整整三年，学成回家，最终斩杀了大蟒蛇。松溪群众为了感谢唐奎光为民除了大害，便在虎头山上建造了一座七层宝塔，并题名为"奎光塔"。虽说许多地方以"奎光"之名的楼阁、塔，多为寓意奎宿之光，为文运昌明、开科取士之兆，唯有这里是为民除害的奎光。

　　我听他讲故事，心想一心为民者不逊色于开科取士，且如今这里与文秀湖连体建设成松溪健身主题园，别有风味。我朝着塔山和文秀湖方向眺望，摘一片树叶咀嚼，仿佛咀出松溪别样风味：湛卢山挺起脊梁，松溪水拥抱温柔，诰屏山二姐守阁，奎光塔侠义虎威，文秀湖映秀美安详。

溯流梅口埠

□ 徐德金

我当然不是乘舟从建瓯溯流而上来到梅口埠的，松溪的水面，此时已看不到一叶扁舟或一张竹排，万山合围，连峰成屏，松溪穿行于历史的回眸，不经意间留下寂寞黄昏的一缕斜阳草树，饮泣于时间的风口。

一

清朝年间，瓯宁县令陈朝俨客途梅口，那时是浅秋还是深秋已不可考，是赴任路上抑或归寿宁老家省亲途中亦不可考。总之，陈县令沿松溪行至梅口，便弃舟上岸了。

松溪溪水碧粼粼，鉴却须眉别有神。
一气涵空秋更静，四周坏匝夜如银。
细推时事天工巧，略避尘嚣眼界新。
我欲扁舟上溪住，天随不愧古遗民。

这是他留下的一首七律《舟泊梅口》。陈县令是寿宁人,有一首写家乡的诗《咏石门》,他还留下一段《武夷游记》的片言只语。瓯宁县即现在建瓯县的一部分,彼时建安、瓯宁两县同一治城,位于松溪下游。

想必瓯宁县令当年系舟梅口埠也是一桩要事,同朝为官的松溪县令潘拱辰也是尽了地主之谊的。渡口相迎,诗酒唱酬,便有了《梅口和韵》:

梅口古埠（朱建斌　摄）

沙平滩浅石粼粼，地僻由来无水神。
夜静月沉明似镜，雨余风蹙浪成银。
春光不改秋山色，村径依然岸柳新。
堪笑年前人迹少，沿溪茅屋半流民。

陈县令对梅口是有些溢美的，但潘县令着实是过于自谦了？

潘拱辰，江南无锡人氏，康熙三十六年（1697）任松溪县令。1700年，潘县令领衔修撰《松溪县志》（清康熙庚辰版）。彼时的松溪是怎样一个情形呢？《松溪县志》（清康熙庚辰版）

卷之五"赋役志"如此描述："孰意累岁兴兵，凡有军饷加之田亩，洎乎耿藩作逆，七闽骚动，而建居上游，松尤被害。嗣是而频遭洪水，怀山襄陵，民居迁徙无常，锄耒视为敝屣。甚者村废而人日少，人日少而田日荒，司农岁额则必取盈焉。呜呼！野有哀鸿，途多硕鼠，山田硗确，半入污莱。"耿精忠作乱是在康熙十二年至二十一年，历时九年之久，"七闽骚乱""松尤被害"。因之便有潘拱辰"和韵"所云：堪笑年前人迹少，沿溪茅屋半流民。潘修《松溪县志》载，该县人口二万五千八百八十人，与在明一朝最高峰时人口数减少了约九千至一万人。兵祸加上天灾，偏远的松溪百姓流离失所，潘县令乃自叹"拱辰以谫劣下材，当兹凋敝，待罪已三年矣。早夜为其呕心，憔悴几于剩骨"。

即便如此，但同僚来访，酒菜还是有的。彼时的梅口埠溪水碧粼粼，环匝夜如银。兵燹远去，更无自然灾害，松溪得以休养生息，想必梅口早已舟楫相接，人来物往了。

二

南宋以后，闽北建州（建宁府）成为福建兴盛富庶之地，经济、文化、社会、民生都得到较大发展，丰饶的物产及其山林资源，便利的水上交通，使闽江中下游地区深蒙其利。"浦城收一收，有米下福州"，这句流传数百年的当地俗语即揭橥闽江流域的一种自然与社会的生态。从崇阳溪到建溪，从南浦溪到建溪，从松溪到建溪，建溪索众溪而成丰沛之势形成闽江重要支流；然后，闽江之水浩浩荡荡一路奔流入海。"舟车辐辏，物阜人

梅口书院

彩"，曾经闽北的多少渡口码头成为商埠重地，但最终又隐没于历史长河之中。

梅口埠就是这样一个挥之不去的历史记忆吧。

我们从松溪县城驱车前往梅口埠。在没有公路之前，从松溪城关到梅口村，大约没有比走水路更加便捷的了。松溪是松溪县母亲河，这条起源于浙江庆元县的"大溪"，自东北流向西南，在松溪县境内凡48千米，形成大南门、大西门、大埠市、旧县和梅口埠五大码头。而作为松溪河流出境的最后一个商埠，梅口是松溪商帆最重要集散地，辐射本县以及建阳、浦城部分区域。

梅口埠形成于什么年代已经不可考，一说是在南宋，一说是在明朝洪武年间。现存最早的《松溪县志》明嘉靖丁酉版记载："松邑僻于遐陬，物之产于地者，日益寖繁，利之取于坑者，时或间有，皆由国家休养已久，富庶攸臻。"至少，在明朝，松溪虽"僻于遐陬"，但还是"富庶攸臻"之地。与清康熙年间相比，明朝松溪的人口都在三万以上，嘉靖十一年，松溪户籍人口达到三万五千九百一十人。该县志"食货"篇记载了松邑土地所产之物乃"万有不齐，难以尽述"。由此观之，建宁府七县（建安、瓯宁、建阳、浦城、松溪、崇安、政和）的物产亦难以尽述的。

而闽北的众多河流为当地物产货畅其流提供了绝佳载体，难怪有人说，闽北的河脉就是商脉、人脉、文化脉。是的，"问渠哪得清如许，为有源头活水来"，溯源闽学，文脉流芳。

回到梅口埠的现场吧。我们从修葺一新的古建中隐约发现昔日码头的盛景——当水路还是物流之首选的时候，松溪乃至闽浙边区的货物顺流而下，梅口是必经之地，逆水而上的商船，也必然靠泊梅口歇脚打尖。据云，明清之际，河运更加繁盛，梅口成为彼时闽北水运重要码头，"客栈、菜馆、茶楼、日用品小商店林立"。早在明代，梅口埠就设有"钞关"，也就是征收关税的机构，由此可想而知，那时梅口埠的繁荣程度。我们步入"梅口街"，走在松溪右岸一排高大的樟树林间，但见钞关、书院、茶楼等建筑物鳞次栉比，依稀透着往昔的生气。梅口村有一千多年历史，共有陆、叶、范等三十多个姓氏。从早些年发掘出的梅口十八街巷回望数百年形成的古埠格局，我们发现这十八条巷每个巷集中一个姓氏人家，而在巷口都立着一个"石敢"，俗称"十八石敢"。

我完全可以想象往昔闽北古渡的风貌，当然，梅口埠也不例外。只是，我发现在梅口村的三十多个姓氏中，在梅口埠的十八条街巷里，它曾经汇聚了多少五湖四海的贩夫走卒、引车卖浆者流啊。

三

90岁的范久堂老人引领我走进范厝巷。往上数，祖上从浙江杭州迁居松溪梅口到他这里已是第七代，往下数，还有庆、弥、方、祚四代。范家因何迁徙梅口？现在已经没有人知道原委了。范老告诉我，范家是从放木排到福州开始发家的。从入梅口第一代"福"字辈起算，范家延播甚众。梅口埠，曾经的大码头，有多少像范家那样的"外乡人"，最终选择了落地生根。

祈顺台

时间像松溪的水一样流动。

走进范厝巷深处，我看到范家的大宅院如今已经破败不堪。范久堂老人站在自家倒塌的旧宅门前——用青石板构筑而成的大门依然屹立着，门柱门框是精细的雕琢——诉说着水毁家园和迁居的过程。言语之间，眼神之间，老人家没有一丝怨怼。他的祖上在梅口也是十分阔绰的，有两千多亩的田地，但那是族产，族中各支每年从族产中获得收益。

梅口埠的繁华落尽是在1958年松溪通了公路汽车以后开始的。公路发展了，并由于松溪沿河水电站、水坝增多，航道梗阻，航运量逐年下降，1972年松溪的航运完全停止。

"晓泛松溪一叶船，船头溪水响涓涓。小桃隔岸绯红雨，弱柳盈津舞翠烟。对酒篷窗春昼永，弹琴花渚午风恬。忽思海岛多征戍，何日投弋事甫田。"这首《放舟松溪》出自明朝松溪一个叫来端本的知县。

明嘉靖三十八年，来知县曾修过松溪县志，由此时间点推算，他诗中的"忽思海岛多征戍"当为明军在浙闽沿海平叛倭寇的时候。彼时松溪远离战事，松溪的水清澈，松溪两岸群峰相对，泛舟柳岸翠烟，怎一个世外桃源的恬适静美。然而，这一切，连同梅口埠的雕栏花楼都被历史所裹挟，那些被踩踏过的圆滑的鹅卵石，那些雀船悠悠的欸乃声，那些"梅口地上净是油，三天不驮满街流"的景象，都被漫过岸坡街巷的黄泥所掩盖，仿佛曾经的一切都没有发生过。

但谁能想到，不过两年，松溪城还真发生了一场惊心动魄的御倭战事（清康熙版《松溪县志》之《御倭纪事》），松溪由此在抗倭的历史叙述中留下可歌可泣的一笔。梅口埠曾经见证过这一切，万山之间，与海的相连，竟然可以这种方式。

溯流梅口埠，我不经意翻看到更多的松溪以及建宁府的历史。那些古渡、那些码头、那些闪着金光的日子，如何在闽北苍翠的千山万壑之间流动。现如今，我们从试图再现昔日繁华的梅口埠中却再难听到古人沿着坡岸、街巷嘈杂的叫卖声、阔笑声、划拳声以及莺啼的婉转曼妙。

梅口埠，我把你当作松溪古邑千百年遗落的梦乡，时至今日，让我们还心心念念。

怀古思绎

去松溪，看版画

□ 石华鹏

一

坐绿皮火车去松溪看版画。

在我看来，这是一件极浪漫的事儿。

所谓浪漫，按照英国哲学家以赛亚·伯林的说法，浪漫不仅是"雪莱描绘的彩色玻璃穹顶，把永恒的白色染成五彩缤纷"，也是"对自己独特记忆的一种熟悉而亲切的感觉，是对生活中愉快事物的欢悦和惊喜"。简单地说，浪漫是一种诗意的惊喜。

近二十年没坐绿皮火车了，此番乘坐，我想，在登车的那一刻会有太多"独特记忆"涌现，也会伴随以赛亚·伯林所说的"一种熟悉而亲切的感觉"。这种感觉会使时间的流逝变得甜美，倒不自觉期待起来。

看画展、看艺术展，我多是乘飞机、坐动车往北上广深等大都市去，至少也是到福州、厦门。这次却不走寻常路，反其道而行之，去往每天只有三趟绿皮火车往返的福建闽北山区小城——松溪，去看"群体的力量——松溪版画30年作品展"，去看一座小城如何与版画艺术结缘。

松溪，多年前我曾去过一次。它的美，名声在外，被称为"绿色金库"，沿河两岸多乔松，有"百里松荫碧长溪""明月松间照，风静听溪流"之称，县城也因此有了好听的名字：松溪。松溪的版画也名声在外，被文旅部命名"中国民间版画艺术之乡"，流传甚广的"松溪三宝"，除了湛卢剑、九龙窑青瓷外，就是松溪版画了。

还未曾抵达，感觉就有一种诗意的惊喜在等着我了。这或许就是所谓的浪漫吧。

检票，进站，上车。进入车厢，如旧友重逢，眼前的一切熟悉、陌生，又新鲜。高阔的车厢空间、背靠背的卡座式座位、可以滑动的玻璃窗……都是老样子，比简洁现代的动车粗犷了许多。旅客面对面而坐，抬头目光便相遇，有了交谈的想法。"您到哪儿？""去松溪。""哦，我到政和呢。"随意，亲切。

哐当、哐当之声响起，火车缓缓驶出车站，离开城市，穿行于绿色山地间。连江、宁德、支提山、周宁……火车不慌不忙，每一站都停，不快的车速让时间缓慢下来。我享受这久违的感觉，看窗外后退的绿色山野、民居，我的心也静下来。

松溪站建在半山上，出站便可俯瞰整个县城。它如一个乖孩子，静静躺在绿色山峦环抱的臂弯里，小城被松溪河环绕，高高低低的房子，静谧地闪亮在正午的阳光里。

二

　　松溪版画院和县美术馆位于松溪文化广场综合楼一楼。"群体的力量——松溪版画30年作品展"就在一楼的美术馆展出。

　　为我作艺术讲解的是兰坤发和池达有。兰坤发，松溪版画成长壮大的参与者、领军者，知名版画家，曾任松溪版画院院长。池达有，80后，青年版画家，松溪版画的未来之星。步入展厅，先入视野的是一字排开的四幅风景版画，《福建土楼》《厦门鼓浪屿》《福建武夷山》《内罗毕国家公园》，作者均为松溪版画家，其中《内罗毕国家公园》的作者就是站在我身边的年轻的池达有。几幅作品造型精准，颜色清丽，刀工细腻，层次丰富，把自然之美动人地展示出来了，可见松溪版画家"功夫"了得。

　　当我在心里嘀咕"这几幅作品规整有余而艺术性稍弱"时，兰坤发告诉我，这批表现福建地标风情的作品属于订制外交礼品，比如池达有的《内罗毕国家公园》就是福建省代表团2023年出访肯尼亚时赠送的礼物。

　　在这个亮堂宽敞、空间回转的展厅，我与松溪版画院三十年的馆藏精品相对而视。兰坤发的《家园印象》《围》、蔡丽的《乡村迎奥运》《都市幻境》、陈维星的《都市·第一缕阳光》、王永桢的《红色记忆》《物换星移几度秋》、陈邦寿的《视线透过绿色风景》、马麟的《鸣秋》、吴锡山的《甜蜜时光》、赖景华的《金色田园》、陈紫桐的《烈火红岩》、池达有的《童心筑梦》等。这些作品，多数入选全国美术大展，不少作品获得过各种规格的奖项，有的还被中国美术馆等学术机

中国非物质文化遗产——松溪版画的制作（朱建斌 摄）

构收藏。

也是因了版画的"复数性"——画家可以同时印制多张——我们得以目睹这些原作。

我在这些作品间穿梭往来，它们吸引我，让我感动，同时也让我的心灵获得了一种宁静的富足。凡·高说："每一幅画都应该给人的灵魂提供一个休憩之地。"我想，这些画作定是带给了我灵魂某种休憩。

比如，兰坤发的《家园印象》、蔡丽的《都市幻境》和陈维星的《都市·第一缕阳光》，让我感受到光与影完美组合所带来的视觉冲击，那些斑斓色调是画家对生活的感情，是从画家心灵流出来的东西，关于乡村的多彩，关于都市的幻影，有了某种本质的呈现。这些现代感十足的作品，不仅拓展了版画的表现空间，而且具备了"印象派"那般的永恒吸引力。

比如，王永桢的《物换星移几度秋》、陈邦寿的《视线透过绿色风景》以及马麟的《鸣秋》、赖景华的《金色田园》，对青山绿水、对家乡故园的描绘，让我感受到生活于斯的版画家们深藏于心的炙热感情，在木板上运刀涂色、在色块与线形之间精细打磨，或激昂挥洒，或哀伤婉转地表现出来时的那种畅快和深沉。

我忍不住想，这些让我流连忘返的作品为何如此触动我？盖因我从中读到出了小城版画家们对版画这一艺术形式由衷的热爱；读出了他们对乡土故园、日常生活浓郁的情感；读出了他们对艺术之美的着迷和陶醉。

松溪版画家以刀为笔，刻板，留形，赋彩，一刀又一刀地刻，一遍又一遍地印，粗糙走向精细，稚嫩走向成熟，寒来暑往，如此30年，方才有了这些让我感动的洋溢着艺术生命力和征服力的作品。

这是一个画家人数与艺术水准均可圈可点的版画创作群体，不妨称之为"松溪版画群"。

三

傍晚在松溪河边散步，望着小城渐次亮起的灯光，我不禁问：为什么是松溪？一座偏僻的山区小城为何与版画艺术深度交融、彼此成就？

迷惑和惊讶的不止我，还有中央美术学院教授、中国美协版画艺委会主任苏新平，他说："第一次来到松溪，我很为这里的版画群体惊讶。一个十几万人口的山区小县，能有这样一批版画爱好者，并且创作出这么多的优秀版画作品，还有版画院，在全国来说是十分罕见的。松溪版画很贴近生活，有乡间的气息、时代的印迹，但又很洋气，有思想、有学术性，松溪版画是全国基层很突出的一个创作群体。"

对于我们的迷惑和惊讶，兰坤发和池达有给予了细致解答。

我释然，再次明了，世间万物的发生与成全，皆有源流，有逻辑，有因果，由机缘，当然也有坚持和汗水。

松溪版画的源流与文脉，大致可以分为两条：一条远的，间接的；一条近的，直接的。

远的那条，可以追溯至宋元及近代时期。宋元时，闽北建阳是全国雕版印书中心之一，为使书籍得到读者青睐，获得广泛市场，建阳麻沙版图书率先在书中雕印插图，这种雕版插图可视作早期版画。中国现代版画始于鲁迅先生1931年8月在上海开办的中国第一个"木刻讲习会"，请来日本老师培养中国木刻家。此后，版画在中国大地发芽开花。1942至1946年，浙江丽水"浙江

松溪版画

木刻用品供应合作社"以及邵克萍、杨可扬、郑野夫等一批版画家从江西上饶迁至闽北武夷山赤石一带开展木刻活动。闽北大地上的版画艺术种子由此播撒下。

松溪版画近的、直接的源流，来自20世纪90年代初期，松溪版画起步于此。1994年11月，县文化馆开办"女子版画班"，当时松溪工艺美术厂关闭，一批下岗有雕刻技术的女工成为版画班主力军，加上一批女教师以及男性木雕爱好者，松溪版画的培训和创作便开始了。起初以黑白木刻、农民画形式起步，后以绝版套色木刻为主要创作版种。由此发轫，逐渐成立了松溪县民间版画院，后上升为松溪县版画院、美术馆。版画家们的创作题材和艺术思路，逐渐专业化、个性化，三十年来刀耕不辍，刀下有情。由此，200多位成年作者和10000余名中小学、幼儿爱好者与版画结缘，20多位卓有成就的版画家走出松溪、走出福建，形成卓有影响的"松溪版画现象"。

所以，1994到2024年，正好是松溪版画成长成熟的30年，也就有了"群体的力量——松溪版画30年作品展"的成果展示，也就有了我此次的松溪版画之行。

所谓生活，三分之二烟火生存，三分之一诗意清欢。坐绿皮火车去松溪看版画，实则是去感受一种缓慢的、绿色的、艺术的生活。尼采说："就算人生是场梦，也要有滋有味地去做。"为什么不呢？

碎瓷的眼睛

□ 景 艳

从山合窑、九龙窑到六墩窑,沿着那些碎瓷的指引,仿佛经历了从五代到宋元的穿越。来自亘古的风,将落叶卷起又放下,草蔓中露出点点青亮,像善睐的明眸,在泥土的呼吸间,用目光说话。我没有想到,在名叫松溪的这个县城,会开启这样一段心情跌宕的"探险",会撩起缕缕关于青瓷的美好情愫。

一

道路平坦人稀。路旁开满了五颜六色的格桑花,娉婷娇柔,娴雅静好,仿若跳月的纤阿,在微风中裙袂轻旋。乡野阡陌陡生灵秀,万般风情。我们此行的目标是五代时期的山合窑。

史料记载,早在新石器时期,松溪先民已开始制作和使用陶器。在松溪两岸河谷及丘陵地带,曾发现大量陶制生活用品和生产工具,包括碗、罐、盂、釜原始青瓷以及陶纺轮、网坠等。晚

九龙窑青瓷制作技艺（朱建斌 摄）

唐五代时期，闽浙交界处的松溪地区是闽国、吴越、南唐地方政权争夺的地盘，接连遭受战争的波及，也由此打开了与周边的通道。彼时，不远处的浙江龙泉窑蓬勃兴起，受制于规模和交通的限制，正需要周遭生产力的加持。山合窑大概就是在这样一个背景下发展起来的。由于之前才领略过景德镇瓷都的盛况，我以为这个堆积分布面积达一千多平方米的窑址也会有类似的场面。

车在一处村舍前停了下来。县博物馆兰馆长带着我和那位名叫慧的复旦大学考古专业博士生徒步转向了左后方的山道。但见落叶铺陈、草木恣生，一看就是人迹鲜至。不过百十米便到了，但除了道旁的碑和告示、山包和遮天蔽日的草木，连条羊肠小道都看不到。兰馆长如"开疆拓土"般在前面披荆斩棘。带刺的枝条时不时地勾住衣角，锋利的茅草冷不丁地划出血痕。更糟心的是那些久不见荤腥的蚊子，稍一愣神，便会在裸露的皮肤上盖上黑压压的一层。就在我手忙脚乱地与那些蚊虫兵团作战的时候，慧忽然俯身从脚下扒拉出一块碎瓷来，惊喜地说："有了，应该就是这里了。"好生惊讶，她居然能从那几乎看不见落脚处的泥土里找到碎瓷，还没有忘记戴上雪白的手套！

说话当口，兰馆长已经爬上山包，告诉我们他站立的下方就是古窑口处，大约是看到我们身着裙装的狼狈样，没有招呼我们上去，说下次带好装备再来。因为品相不够，慧放下了手中的碎瓷。兰馆长的胳膊上有两道清晰的血痕，他说，对文物最好的保护方式就是在没有万全处置措施之前让它以原始的状态留存在原来的环境中。

此时，我不由地想到了景德镇的碎瓷。原本是残片的它们，要么被修复，在博物馆的展示厅中气宇轩昂；要么在生活场景里，被匠心独运组合成为了图案、花墙、艺术品，甚至是宫殿本身。五颜六色的碎瓷在那座城市里是绝对的主角，热烈而恣意地张扬，在众星捧月般的目光里享受着属于自己的高光。而松溪，却有这么多的碎瓷以另外一种近乎视而不见的方式存在于这座小城里。谁也不能否认，它们是现实生活中大多数民窑最普遍真实的状态。

二

接下来的行程是六墩窑。它掩藏在斜坡竹林之间，松溪通往浙江庆元的县道从中横穿，将其一切两半。开放的地理位置让我们毫不费力地就可以看到厚厚的瓷片堆积层。泥土与碎瓷穿插交叠，野草从缝隙间长出，偶尔几只蚯蚓弹蹦而出，将我们的视线带入更深的地方。慧告诉我，在考古学家的眼中，瓷器有口有底才是好品相，根据口底可以修复还原。听考古专家解读瓷片本身传递的信息密码，就像经由瓷的眼睛与历史对视。那些胎体、釉色、式样不仅反映出当时的制瓷工艺，也折射出它所处年代的特征、社会经济状态、审美的标准，甚至是一位手艺人当时的心境。

北宋末年，金兵灭辽侵入中原，宋室渡江南迁，北方各窑或停或关，中国的制瓷中心南移。延绵的战乱带来人口迁移，尤其是南宋末年，大批军民随幼帝流亡，很自然地会对生活用瓷提出大量需求。拥有丰富瓷土资源与水路交通便利的松溪自然不可能置身事外。经济繁荣、人口增加以及对外贸易的发展是松溪瓷器发展的助推器，反之，纷争骤起、战乱频仍或者人口外迁、需求减少是松溪制瓷业步入萧条的发端。到了明代，倭寇的袭扰和政府海禁政策的实行，松溪的窑火也渐渐黯淡。

一枚小小的青瓷残片静静地躺在手心里，厚胎厚釉素面无饰纹。慧说，这是典型的元代青瓷，和之前五代及宋代的薄胎多纹饰的风格大不相同。或许这就像敦煌壁画中唐与五代作品的区别——颠沛离乱时代的匠人画不出盛世中华的自由灵动与骄傲。

但这原本就是残次品的堆积，也和我们通常理解的地下文物不同。同样经历了千般筛糅和高温焖烧的它们，可能只是因为一点小小的疏忽就失去了流通价值，在出窑时被敲碎或被嫌弃于地表，经过岁月的淘洗，虽然仍具有一个时代的属性，但终究不可能代表一个时代登峰造极的工艺水准。

三

九龙窑（原名音为回场窑）传说曾有古窑13座，总面积达十多万平方米，因开工时"千声水碓传响林间，万缕窑烟环绕青山"的壮观景象好似九龙腾飞而得名。传说中西沙"华光礁一号"沉船、印度尼西亚爪哇宋代沉船打捞上来的类似珠光青瓷的瓷器就出自这里，而印证这一说法的是同船发现的底部有"吉""张"铭文的瓷器。

传说约在五代末期，有张氏三兄弟自龙泉而来，发现松溪回场（音）一带为丘陵，有瓷土又临靠溪河，是建窑烧瓷的好

九龙窑青瓷（朱建斌　摄）

地方，便引进了龙泉窑的工艺，采用托座碟烧等方法，以期出产精品瓷器。没有想到，由于瓷土质地粗糙等原因，烧制出来的瓷器并不能达到和龙泉相媲美的水准，于是他们决定因地制宜，以不拘一格、返璞归真的特色让它在民用瓷中发扬光大。也许是为了凸显原创，也许是为了拓展销路，他们在烧制第一炉的时候，在每个瓷具上都刻下了"张"字铭文，作为他们独一无二的辨识标志。

在松溪县博物馆的瓷器标本中，我在一个篦划纹瓷碗内底看到了那个不完全居中的"张"字，字迹工整谈不上美观，上缩下放并不像是大家工匠的手笔，明显是民窑生产的日用瓷器。

今天，许多人试图从与官窑的渊源中去发掘松溪青瓷的身价，从远洋沉船及外国人的赞美声去考证它的精美和影响力。但我认为更为重要的是松溪的青瓷曾经在百姓的生活中占据如此重要的地位，它们曾经由内河河道从松溪沿江入海。万古流芳的不仅仅只有"类冰似玉，千峰翠色"的珠光青瓷，让更多老百姓用上了原本流转于上层精英社会的瓷具才是一个社会文明程度的真正体现。

绘画的人都知道，青色与赭石是青绿山水最协调的搭档，一个是树木花草的基调，一个是大地泥土的底色。青色的包容性就像民窑，自带平凡的随性与宽容，允许试错，接受不完美的自由。

日本陶瓷考古学家坂井隆夫曾这样夸赞一枚松溪窑产的青瓷莲花盘："刻画的莲花纹图案，具有朴素无华、一尘不染的清高之美。欣赏此盘，令人联想到闽北初夏的山水风光。为了向移居南洋群岛的同胞们传达故国之情，宋代陶工们把盘里的莲花描绘得多么生机盎然。"他夸的何止是工艺，分明重在赞颂人心。就像童宾为铸龙缸以骨作薪，镆铘以血肉之躯祭宝剑，情感的倾注才能将涅槃的烈焰化作飞升的阶梯，敦厚低调的青瓷才会拥有清澈又高傲的灵魂。

在以九龙之名复建的新窑旁，我看到了绽放绚丽花朵的黑瓷建盏，看到了轻薄通透的白瓷，看到了行云流水的书法与青花完美结合的技艺……我知道工艺的追求永无止境，时代的阶梯不断跃升。只是在凝视漫山遍野的碎瓷时，内心会升起一个小小的愿望，有那么一天、有那么一个充满独特性的创意设计，可以让我们共同回溯历史的长河，完整地聆听一曲属于松溪和百姓的歌谣。

以井水溪、水江水和海水融合的交响，是碎瓷眼中的深情。读懂了它，就读懂了生活和自然，就读懂了一座小城的前世今生。

走近交通碑

□ 潘黎明

要写好交通碑，是非得再上松溪城郊的塔山不可。我想早点见到那一块全国最早发现的南宋交通法规碑，如同急于造访久违的朋友。

一

已是暮春，游人稀少，碑廊显得格外娴静。

漫步碑廊，一块块整齐陈列的石碑，如同一个个结绳记事的历史节点，记载了松溪这个千年古县的嬗变和人文底蕴。每一次信步期间，我总能感到畅然和愉悦。

在碑廊的尽处，一个很不起眼的角落，安放着一块很不起眼的石碑，高130cm、宽54cm、厚15cm，上无纹饰，底无基座，就像是一块从山上滚落的毛石，以拙丑的姿态呈现在面前。也难怪它曾被当成农妇浣洗衣裳的搓衣石，在旧县交溪码头上一躺就是

塔山碑廊（朱建斌　摄）

几百个的寒暑。此碑镌于南宋开禧元年（1205），至今已有八百年的历史。虽年代久远，但全碑颜面完整无损，镂字个个清晰，让人觉得仿佛还能触摸到它的氤氲体温。

碑上竖镌五行文字，共61字，碑文内容周全详尽，具有浓厚的官方色彩。碑面正中注明立碑所在地——"松溪县钣伏里十三都地名故县"；左右两侧上部镌刻的"东取马大仙殿五里，西取麻步岭后五里"字样，注明了须恪守的地段土名；碑上所刻的"开禧元年四月望日""迪功郎县尉林高立"和"保正魏安"，分别注明了立碑时间、立碑人和执行责任人。而在碑的下部则大书四句交通仪制令，文曰"贱避贵，少避长，轻避重，去避来"。以今天的眼光来看，除"贱避贵"带有封建色彩外，其余三条都接近于现行的交通规则，其间闪烁出的中华民族崇尚文明礼让的光芒，至今熠熠生辉。

碑的价值，全在于文字。

从秦始皇的"书同文，车同轨"，到现代林林总总的法规条文，交通规则的发展历程，散见于鸿篇史册，而这方全国发现最早的交通碑，无疑填充了中国古代交通法规实物史料的空白。

此后，在1982年、1991年和2001年，松溪县又分别在渭田镇竹贤村、溪尾村和花桥乡车上村发现了三块交通法规碑。这三块碑的立碑年份和旧县碑一致，内容也大同小异。只是第四块交通碑不仅形体更大，制作也更为精细。更重要的是在碑体的上部，镌刻着三个醒目大字"仪制令"。

仪制是朝廷对全国颁布的法规礼节。中国的交通仪制令初见于唐朝，而到了宋朝才开始推广。

"长安城东洛阳道，车轮不息尘浩浩"，生动形象地描绘出两京道上使臣商贾络绎不绝、车马旅人经行不断的场景。面对已见端倪的盛唐气象，贞观十一年（637）李世民颁布了《唐律·仪制令》，其中就有这么一条：凡行路巷街，贱避贵，少避老，轻避重，去避来。

到宋朝，仪制令被刻在木板或石碑上，理所当然地出现在东京喧嚣的汴河边。眼前石碑的字里行间，似乎叠印出《清明上河图》的那一派繁盛场景：车辚辚马萧萧，簪花的轿子，满载的驼车；一艘艘大船，逆流而上，装满了从东南运至京师的稻米……

道路是文明传播的河床，从此"仪制令"像遁水而行的蓼花一样，开遍在斜阳紫陌上，驿外断桥边。

二

"交通"一词的概念，最早可追溯至《易经》，意为"天地交而万物通"。如今细细回顾四块交通碑发现地的考察过程，我对"交通"的理解就愈发真切。

在旧县交溪码头，第一块交通法规碑就是在码头的踏阶上被发现的。之所以称为交溪，是因为这里是松源溪、竹口溪、渭田溪三水汇合处，也是松溪水运的一个重要的节点。这里平日可泊船筏三四十艘，上航竹筏可通浙江的新窑、竹口以及本县的渭田、溪东，下航船筏直抵县城，货物可转运到建瓯、南平、福州等地。为了方便货物集散和交易，在交通碑立碑十年前的庆元二年（1196），县人在这里建起了通济桥。

通济桥早已毁于洪祸，但两岸桥头的石墩依然雄立。站在高处，凝望曾经与古碑相伴的溪流和码头，我依然可以感受到当年"船筏灯火明犹灭，远近争闻欸乃歌"的画景，依然可以感受到古时松溪出省的水陆要冲繁荣喧嚣、商旅不绝的盛况。

渭田镇溪尾村，第三块交通碑的发现地，其古驿道几近湮没于田野之间。

芦深草杂，虫鸣鸟语，让我体味到了"远芳侵古道"的唐诗意境。虽然物事全非，但这条古道"北通浙赣、南抵建宁"，的确是宋元以来松溪北翼的交通要道。在这宽近五尺的古驿道上，若是挑担或乘舆相对而行，就只能擦肩而过，或一方停下相让，这也更让我体会到"少避长，轻避重，去避来"的必要。

在曲折逶迤的古道旁，残垣断壁的茶亭和废弃荒芜的拱桥，还在无声述说着这条商旅通道曾经的繁华。一阵风吹过，仿佛可以听到往来商队的人声马嘶，驼着茶叶笋干的独轮车吱吱扭扭碾过石板，行往南方那个海上丝绸之路的起点；仿佛可以听到一群北行赴考的举子们的谈经论道，和不时意气风发的吟诗作赋……我想叫住他们，可是他们那么匆匆地跑向了历史的远方。我留不住他们。

"建之松溪虽僻於一隅，为东瓯奥壤，而与浙之处相密迩。由浙入闽，由闽往浙，此其要害。"据清康熙版的《松溪县志》记载，宋代松溪曾设县驿舍、东平乡驿、善政乡驿，并在县城南街设总铺，下辖全具14个驿铺，管理7条出县的驿道和众多通达四乡的古道。

似乎，交通碑在松溪存世现世都是那么顺理成章。

松溪地理牌——交通碑（朱建斌　摄）

但我知道，松溪自古就不是都会大邑，也没有通衢大道，能在这山地僻壤发现四块交通碑，绝对是因为开禧元年的那个暮春，那勤勉踏实的县尉林高对交通碑的合理密植；也绝对是因为保正魏安、吴日新们对交通碑有如嘉禾般的呵护。

都是实在人刻的实在碑啊。

随着近年来的考古，在陕西省汉中市略阳县、天水市清水县等地也陆续发现刻于南宋的交通碑，甚至略阳碑还比松溪碑早了24年。但这几处的碑刻极为简单，除大书"仪制令"外，就是那"贱避贵，少避老，轻避重，去避来"的十二字法规。而松溪发现的四块碑，都是满满当当地刻着60多个字，尤为难得的是碑文上透出的那一份忠于职守的担当与底气。

将交通碑刻成类似今天的"公示墙"，足见松溪古人讲求有口皆碑，讲求民心烛照的规矩意识。这，不也是一种道德教化吗？

三

突然，嘈杂的话语把我从遐想中拉回了现实。

"看，脚下的这条松溪河，从唐朝开始，可就是松溪古代水运交通大动脉呢！"

"是的，是的，塔山下这条1958年开通的赛浦公路，原先还是通往政和的古驿道呢。"

"老伙计，你这可是老皇历了。今非昔比，现在这条路已经是国道啰。"

"要说，我们都是老皇历。你往远处看，那繁忙的高速公路，刚刚通车的快速铁路，现在的交通人可比我们厉害多了！"

老陈和他的伙伴们到了，这是一群把大好年华都奉献给交通事业的老人，今天是退休支部的集体活动，领头的就是老陈。老陈从部队退伍后就一直干在交通，直到前年从交通局副局长的任上退休。

"交通碑"他最熟悉不过了，但老陈却只字不提，只是对我如数家珍地介绍松溪人铺路修路、爱路护路的公序良俗，介绍他们"为致富，苦修路"的辛劳和血汗，介绍他们争创南平市首个全国"四好农村公路"示范县的梦想与荣光。在他的指点下，松溪交通的千年发展史，就这样脉络分明地呈现开来。

此时，阳光透过云层，温情地打在那一群老人的身上。逆光之下，他们似乎站成了一组雕塑。一样拙朴，一样坚定，他们和身后的古碑相互呼应又逻辑鲜明地合成了一个情境。

八百多年风雨，流溢着历史沧桑的古碑，此时多了一些柔情。初心如磐，大道如砥，古碑被移置了立命之所，是历史发展的必然。但古碑并不闲着，经历数百年时光冲刷的铭文还在规诫后世，发人深省。

"我们走在大路上，意气风发斗志昂扬……"老人们踏歌远去了，而我的思绪却在塔山之上迂回不已，化解不开。

茶刀走天下

□ 杨国栋

30年前，我得知闽北松溪县有着天下闻名的湛卢剑，决定驱车前往参观。我兴致勃勃地爬上山头，果然看到千年历史上所说的欧冶子铸造湛卢剑之山头。剑锋所指，在太阳光下寒光闪闪。当地的匠人师傅为了安全起见，不让我们爬得太高，也不让我们靠得太近。我们挑选了几把闪闪发亮的、地地道道的湛卢剑，比较一番，最后按照当地价格各自买了一把，兴致勃勃地返回福州。

2024年5月中旬，我有幸又一次来到松溪县，在松溪县文体局局长杨立平、副局长叶明同志的引导下，对所要写作的内容进行了资料的收集和人物的采访。于是，一位名字叫着叶向春的大师走进了笔者的写作范围。

叶向春先生是福建青虹剑业有限公司、青虹影业（福建）有限公司、福建青虹茶刀有限公司等公司法定代表人，担任福建青虹剑业有限公司、青虹影业（福建）有限公司、福建青虹茶刀有限公司等公司股东；同时兼任福建青虹剑业有限公司、青虹影业（福建）有限公司、福建青虹茶刀有限公司等公司的高管。从这些落地有声的公司名号中，不难看出叶向春先生事业的辉煌。

2021年2月3日 对于叶向春先生而言，创新的步伐比较往昔的稳健稳重稍稍多了一些快慰。这表现在这个时间段的叶向春先生经营的青虹剑业有限公司，已经由过去生产传统手工刀剑开始朝着艺术品收藏、文创旅游、影视动漫、体育比赛产业等刀剑、茶

松溪茶刀（朱建斌　摄）

刀领域拓展延伸；还表现在2021年11月5日后，叶向春先生在松溪县内外的铸剑厂最繁荣时多达30余家，客观上帮助松溪县上上下下解决的就业人口多达二三百人，成为帮助政府和社会解决就业问题的企业典范。

二

叶向春从小学习铸剑，长大之后发现自己如果只是一味地沉迷于湛卢剑的挥舞表演，可能连吃饭问题都解决不了。思来想去，叶向春先生觉得既要长久地保留自己对挥剑铸剑的热爱与兴趣，又要做到在这个领域中解决一年365天的吃饭问题，最好的办法就是走进松溪最有发展潜力的茶刀行业，将茶刀做成可以在宽广的市场上质地好、过得硬、有销路的产品。这个想法一旦形成，叶向春仿佛着了魔，一天到晚琢磨与思考的茶刀质量、品质、品格等等。

然而随着社会环境的变化，宝剑市场不断萎缩，许多同一行业的老师傅竖起的炉子也渐渐地冷冰下来。叶向春先生不是神人，他同样遭遇了锻造的茶刀精品滞留在厂里，堆积成一座小山，在市场上卖不出去的尴尬。

从2013年参加茶博会到2023年整整10年间，叶向春生产的茶刀，从开始参展的鲜有客商问津到市场的活跃，茶刀产品供不应求，叶向春先生比较平静，既不灰心丧气，也不沾沾自喜。平和的心态与平静的心理，随着年岁的增长，日趋成熟。

有了社会的发展进步，叶向春深深地感受到与时俱进的重要性。有一次，叶向春自带了129把款式精美、质地高雅的茶刀，大胆地尝试着进入茶刀直播间。刚开始似乎没有多少顾客搭理，叶向春心态十分平和，同时还规劝手下的几个徒弟千万不要着急。然而半个多小时过去了，依然没有顾客光顾。按捺不住的几个徒弟看到叶向春去办别的事了，于是好心地拉着过往的顾客到边上小声说话，介绍新款茶刀的许多好处，结果被突然出现的叶向春先生听到，当即阻止。本来不想买茶刀的路人看见这一幕，当即调转方向，自愿地取下茶刀查看，发现果然款式新颖，用起来十分顺手，也就一次性购买了6把。这引发了过往路人争相抢购的场面，短时间内全部售罄。叶向春顿感快慰。

三

那年，第十五届海峡两岸茶业博览会在武夷山召开，茶马古道一词上了热搜。茶叶博览会顺利闭幕后，叶向春也结束了自己的行程，前往江西龙虎山进行新的项目洽谈，并十分意外地结识了江西省的同行客商。他们进行合作后，双方都有收获。

叶向春是一名有着30多年铸剑经历的松溪匠人，随着年龄的增长，他的经验越来越多，知识越来越丰厚，行业拓展后，经营的范围也越来越宽广。近年来，松溪县立足优越自然生态，传承好非遗技艺，不断加快文旅融合，引领乡村文化振兴。"守艺人"叶向春抓住松溪茶叶、茶盘远近闻名、茶产业蓬勃发展的优势，运用锻造宝剑的技术打造纯手工茶刀，创立青虹茶刀品牌。

创新是产业蓬勃发展的动力。叶向春介绍说目前已开发出茶

湛卢剑铸造（朱建斌　摄）

刀款式300多种，青虹茶刀锻造成功，屡屡获得各类奖项。2018年，央视大型纪录片《中国影像方志》福建松溪篇取景拍摄，青虹茶刀被收录，作为松溪湛卢宝剑技艺的典型。有一年，《金鼠钱》《行云流水》《小莲花》《同心结》《望月》等在公众平台播放后，好评如潮。叶向春打造的青虹茶刀系列产品在德国红点网站展播后，也荣获了第三届、第五届福建最具创意文化产品评选入围奖。在2020年"全福游、游全福"最美福建·旅游产品创意设计大赛（第三届福建好礼）中，叶向春提供的茶刀作品《望月茶刀》，荣获最佳创意奖。

叶向春与时俱进，通过线上、线下同步推广的方式，逐渐打响并提升了松溪青虹茶刀品牌的品质。以前几年开展的茶博会专场直播为例，新款的青虹茶刀一出现，当即就有人购买，售得快，获利也很可观，可见叶向春策划得好。线上直播通过多年的积累取得了显著效果。线下他组织参加厦门9·8国际洽谈会、深圳茶博会、闽宁特色产品展览会，特别是去年10月受澳门贸易投资促进局邀请参加了第27届澳门国际MIF会展、上海第五届进出口博览会以及2023年香港国际影视展等展会，广受市场欢迎和客户的青睐。青虹茶刀作为福建松溪特色文化产品，也随着叶向春的努力正逐步走向外省、走向全国，走向世界。

叶向春还很重视自己从事的产业带动和辐射带动等工作。这些年，竹木工艺、纺织等多个行业发展，就是他精心谋划的结果，2021年营销额达500万元，同比2022年增长20%，辐射带动了钢铁（刀胚）、竹木（茶刀盒子）、纺织（茶刀包装袋）等。叶向春对所有热心于茶刀胚、茶刀用具、茶刀技艺、茶刀品质、茶刀使用、茶刀保存的人们表示敬意。

2016至2019年，茶刀"小莲花""金鼠钱""行云流水"等，分别获得第二届、第三届和第六届福建文创奖入围奖；竹节茶刀、美人鱼茶刀、关公茶刀、"福"字茶刀获得第二届、三届中华设计奖；大刀进行曲系列刀具获得全国红色旅游文创产品和红色旅游演艺创新成果征集活动入围奖；同时获得青虹茶刀第一届"郑和杯"文化创意作品大赛优秀奖。2019年他被全新武侠动作片《天师伏魔录》聘请为铸剑顾问，同时扮演欧冶子一代铸剑大师。2020年10月，他参与香港著名演员元华、元秋等众多明星主演的动作片《风速极战》。

叶向春进一步推进茶刀走向市场后，使用的人们越来越多。为了提高知名度，他正在积极有效地向上级主管部门申请松溪版的茶刀地理标志。获得成功后，叶向春再次不畏艰辛积极爬坡，提出了将现代工艺嫁接到其他传统产业的思路。然而，他的这一次努力遭遇失败。他这时领悟到，自己的知识面和技术上的功力还达不到勇往直前的程度，不得不再次走出去向技术高手讨教，最终获得成功，松溪的湛卢剑铸造技艺被列为福建省非物质文化遗产名录。

这些年，叶向春又在突发奇想中盯上了天下闻名的松溪湛卢剑，便又孜孜不倦地持续在传统湛卢铸剑工艺的创新运用上下功夫，把湛卢剑铸造技艺延伸到老百姓的生活之中，切实打响松溪湛卢品牌，积极有效地带动特色文化创意产业发展推进。

雄关漫道真如铁

□ 施晓宇

闽北松溪县,早在三国吴景帝孙休治下的永安三年(260)建县——东平县,宋太祖赵匡胤治下的开宝八年(975)改名松溪县,迄今已有1764年的历史。

历史悠久的松溪县,有九个历史悠久的关隘。清康熙庚辰版《松溪县志》卷一《关隘》记载:关隘之设,所以谨出入,御强暴,而察非常者也。然松邑地界闽浙,设险之义居多焉,况历来山寇窃发,逼近邻封,啸聚萑苻,所在多有,尤当严守备,以戒不虞。虽地有迁改,而扼塞可凭,故详记之以资武卫。

《关》还简要记载了东关巡检司位于东关里(今松溪县旧县乡属地);二十四都巡检司位于豪田里(今松溪县溪东乡属地)。《隘》详细记载了九个关隘的具体位置。

铁岭隘:在东关里。距县治二十里,与浙江庆元县相连。

寨岭隘:在东关里。距县治二十里,与政和县界相连。(明)嘉靖间义民黄仁德建亭其上。

岩下隘：在畈伏里东北，距县治四十里，与庆元县相连。

接下来还有黄沙隘、山庄隘、荷岭隘、翁源隘、黄土隘、红门隘。

以上九个关隘，曾经发挥了巨大的保护本县乡亲的作用。譬如岩下隘，南宋德祐二年（1276），元军攻克首都临安，5岁的宋恭帝赵显称臣降元。右丞相陈宜中侍奉两个幼子：宋恭帝的长兄赵昰、宋恭帝的弟弟赵昺从浙江温州、处州（今丽水市）、庆元县，经由松溪县岩下隘入闽，直达福州。次年8岁的益王赵昰在福州泰山宫称帝，是为宋端宗。

由于日久年深，道路变更，松溪许多关隘皆已弛废，但仍有关隘依然雄立。如最著名的位于松溪县茶平乡铁岭村的铁岭隘，因与浙南的庆元县隆宫乡黄坑村相邻、相通，关隘亦共建，故而至今巍然屹立（庆元县将铁岭隘命名为黄坑关）。据清康熙庚辰版《松溪县志》记载：（松溪）自宋代开始设县驿舍、东平乡驿、善政乡驿三驿，设有总铺，其下设十四铺，铁岭铺即设在铁岭隘。

元朝在松溪县境内置"两寨九隘"。两寨，其中之一是东关寨，明朝洪武二年（1369）改为巡检司，嘉靖年间东关巡检司设在铁岭隘。铁岭隘为九隘之首，因位居古道要冲，自元、明以来均有设兵守备。尤其是东关巡检司设在铁岭隘期间，置弓兵40名，清嘉庆年间撤除。后又由本地富豪充当隘官，招募壮丁守卫，至民国方才撤除。

二

位于城关的牛扼隘离县城西北方向3.5千米远的，途中需要跋山涉水1千米，而这1千米长、1.5米宽的乡道，每隔一段距离就用大石横砌，固定小石铺砌的道路，乃原来的官道，可达浦城县的仙霞岭和松溪县城关。早年历代考生无不经由这条官道赴京赶考。我仿佛能看见络绎不绝的考生匆匆赶路的坚毅身影。

早年牛扼隘还有驻军，驻军需要自己种菜种地，生产粮食自给自足。吴继华专门指着远处的一块洼地说，那就是史书记载的守隘驻军的驻地。历史上松溪县考生北上进京赶考，或南下官员到松溪、政和等县上任，牛扼隘都是重要的古道、驿站、隘口。后来因松溪县疆域北扩的缘故，设置年代久远的牛扼隘已经不属于重要关隘，所以元明清时期确定的松溪县九大关隘，已经没有牛扼隘的名字了，牛扼隘的功能大致由后来九大关隘之一的翁源隘所承担。位于祖墩乡的翁源隘，元明清时期是松溪县北上浦城县官路乡，过浦城县仙霞岭的官道和重要隘口。

今天，废弃的牛扼隘，由许多一米长的条石砌成的高大拱门依然坚固，依稀透露出隘口千年雨雪风霜，百侵不倒的沧桑。在离牛扼隘大概200米远，有一个草寮，我看见一位牧羊人放养的七八只山羊，一边漫山吃草，一边警惕地注视我们，俨然镇守牛扼隘的驻军士兵。

铁岭隘（闽浙交界黄坑关）（朱建斌 摄）

三

接下来，我们驱车前往县城东南方向10千米远的铁岭隘实地考察。

由于铁岭隘（黄坑关）归闽北松溪县茶平乡铁岭村和浙南庆元县隆宫乡黄坑村所共有——距离松溪县城10千米，距离庆元县城22公里，因此两村村民商定，每年农历八月初一，铁岭村和黄坑村村民共同修路、修桥、修关隘。

铁岭隘（黄坑关）最后一次重建是在1976年，由庆元县隆宫乡黄坑村村民承建，有大梁上的文字为证。"黄坑关：庆元县隆宫公社黄坑大队于1976年2月18日重新建造。"

大梁上还题有毛泽东的诗词《七律二首·送瘟神》的开头两句诗："春风杨柳万千条，六亿神州尽舜尧。"

全诗为1958年毛泽东写的新作。开头题为："读六月三十日《人民日报》，余江县消灭了血吸虫。浮想联翩，夜不能寐。微风拂晓，旭日临窗，遥望南天，欣然命笔……春风杨柳万千条，六亿神州尽舜尧……"

大梁上还题有毛泽东的另外一首诗词《七律·到韶山》的最后两句诗："喜看稻菽千重浪，遍地英雄下夕烟。"

这是毛泽东于1959年6月25日第三次返回故乡——湖南省湘潭县韶山公社韶山冲。阔别32年，故乡的面貌大变，毛泽东抚今追昔，在当天深夜写成《七律·到韶山》。

在铁岭隘（黄坑关）的大梁之上，还有将近50年前黄坑村基干民兵留下豪气干云的标语、口号，无不充满那个特定时代的特色与气概："加强祖国七亿人民七亿兵，巩固国防万里江山万里营""好儿女改地换天壮志凌云，新愚公填海移山气冲霄汉"。

四

闽北松溪县茶平乡铁岭村和浙南庆元县隆宫乡黄坑村，因为拥有铁岭隘（黄坑关），使得两个偏僻山村成为自古以来的交通要道。因此1993年版《松溪县志》卷九《交通》开头写道："松溪县古代有驿道同浙江处州（今丽水市）的庆元县、龙泉县及本省浦城县、政和县、建宁府，有石砌小道通四邻。"

在卷九《交通》的第一节《古道》记载："松庆两县边境交往的路还有外屯至小根，铁岭至黄坑、船坑至竹口，溪尾至山庄，黄土隘至泗源（乡）等乡间道。"

在卷九《交通》的第一节《古道》同时记载："县城至遂应场（今名锦屏，属政和县）古道：由城关出南门、经下畲、官路、外屯、铁岭转浙江省庆元县黄坑、隆宫、政和县岭腰、洋屯至遂应场，通称130华里。"

从以上记载，我们可以知道，闽北松溪县的铁岭隘，即浙南庆元县的黄坑关，既通闽北松溪县，也通浙南庆元县，还通闽北政和县。当年如果从松溪县城关松源镇出发，经120米长的惠济廊桥（1949年5月14日烧毁，今为水泥的"红旗桥"），七里桥（乘驷桥），叶墩古桥，走上古官道，即可直达铁岭隘。

貌似"天高皇帝远"的松溪县，其实在古代交通颇为发达。

天上的街市（朱建斌 摄）

难怪在松溪县居然发现多块历史悠久的交通碑，价值连城。1991年初出版的第一部《松溪交通志》，在第一节《古道》的《县际古道》中有详细记载。通往龙泉古道：松溪县至浙江省龙泉县古道，全程180华里。这条古道，是我县主要商业路线之一，本县出产的笋干、香菇、茶叶、纸张、生铁以及粮食等等，均由此路输出；而江浙苏杭、上海等地的布匹、日杂用品、工业品以及食盐等等，也由此路输入。

　　这条古道的路线，是沿松溪河岸逆水北上，乃水陆两条平行路线，自古为闽浙商旅所选必由之路。具体路线：由县城寅宾门（大东门）出城，过浮桥（明朝以前设东平渡），经庙下、长巷、范村、花桥仔、亭仔头，过艾墩桥，经水口、茶亭、浑头、六墩，过六墩桥，经李源、禾地坪、木城，过新窑桥，经新窑、黄坦、龙秋亭、竹口，过暗桥，经大宅、大闸、西边，过顺风桥，经分水岭、小梅、大梅、查田、小查田、豫头、青溪、竹林坪、豫章、炉仔巢，达龙泉县。

接下来是松溪县通往庆元县的古道，通往政和县、建阳县、浦城县、建瓯县、崇安县的古道。真的是：雄关漫道真如铁，而今迈步从头越。

古城墙记

□ 冯顺志

在中国历史稍长的古城大多有修建城墙，从历史作用来审视，不仅是农耕民族为应对战争而修筑的设施，同时也是为了防御洪水侵袭的障碍性建筑。松溪古城墙也不例外。

松溪古城原有完整的城墙，城门在建筑特点与文化内涵最具代表性的当属大东门，俗称城门洞，是松溪古时迎来送往重要之地。其正式名称"寅宾门"（后人因方言口音误读"城门"洞）。城墙门额上镶有块石匾"寅宾门"，观古，让今人遐想纷呈。"寅"颇有一番深意，古汉语释义严恭寅畏，敬也，出典《书·尧典》"寅宾出日"之意，寓吉祥。另一层含义，出自王充《论衡·说日》"五月之时，日出于寅"。恭敬地迎接日出，辨别测定出日和时间的变化，不难理解——迎着初升的太阳开始美好的一天，道出了松溪人热情、好客、向上的淳朴风尚。现今寅宾门与城门楼台已修旧如故，成为松溪一道景点，不少游客在此观光留影。

松溪古城墙始建于明弘治二年（1489），为知县徐以贞修筑，初立基础，适逢灾年而中断。明嘉靖五年（1526），知县闵鲁续建完成。城周围955丈、高1.6丈、宽1丈；开设四座城门，东门名"寅宾"，南门名"平政"，西门名"迎恩"，北门名"永宁"。嘉靖十四年（1535），知县黄金开设两座水门。清顺治初年（1644）再开两座水门。光绪二十年（1894）五月洪水，沿河城墙被冲毁。八月，知县王士骏主持重建，拆迁东门沿河水碓，采集大石加固城基，发动各乡设厂烧制统一规格的城砖，于同年八月动工。全部工程包括重建东南河滨的全部城墙，整修加固西北面的旧城，于光绪二十四年（1898）竣工。重建后城墙周长990丈、高1.6丈、宽1丈，共设八座城门，均建有门楼，并建有六座炮台。新中国成立后，拆除了西北城墙；东、南、西傍河的城墙保留墙体防洪。大东门（寅宾门）、小南门、小东门和大西门（迎恩门）的城门尚保留完整。清康熙版《松溪县志》松溪"城郭图"中，有具体的城墙、城门图，城墙围住的松溪县城疆域，近似一个平行四边形。建筑遗存现状现存城垣、城门及城楼多为清同治年间知县王士骏主持修复建造，城垣墙基1982米。

大东门（寅宾门），始建于明代，经多次修缮，现基本保留清光绪年间（1875-1908）建筑风格。城门坐西朝东，面阔14米、进深9米。中间设拱门，门高3.8米、宽3米、厚3米。基础和拱门用条石砌筑，墙体用0.35×0.20×0.15米的一色青砖错缝叠砌。门额上嵌"寅宾门"阴刻楷书石匾，上款"知县浙合王士骏改建"，落款"光绪二十一年（1895）岁次乙未又五月吉日"。

寅宾门（朱建斌　摄）

城楼面阔三间带两边回廊，进深四柱带前廊，抬梁穿斗混合式木结构，歇山顶。城墙上镶有光绪二十一年（1895）立的禁碑一块，倭角、长方体，阴刻竖读楷书10行，约300字，记载修筑城墙的经过和禁止乡民在河道上游建水碓等。2011年8月公布为第四批县级文物保护单位，现已修缮。河头水门始建于明代，经多次修缮，现基本保留清光绪年间（1875-1908）建筑风格，保留清代光绪年代的城墙有60余米。城楼面阔二间约10米，进深四柱约4米，抬梁穿斗混合式木结构，歇山顶。

在当地旧志里有曾立在"寅宾门"下的禁碑一段关于城墙对御盗防洪和保境安民的碑文"……余于此役，以耐劳而始，以敛怨而终，事有备而无害，功罪听之吾民，惟民后之君子，于余所兢兢防范者，惜其成而善其后，是则余之所厚期而深感也乎"。的确，我们要感谢当年那位积极修建城墙的知县徐以贞，为了修建城墙，他起早贪黑亲自上工地督工，真可谓呕心沥血。六十多年后，这座坚固的城墙对抵抗倭寇并取得最后胜利起到不可低估的作用。

明嘉靖年间持续到隆庆、万历年间四十年，是倭患最为猖獗时期，史学界称"嘉靖大倭寇"。嘉靖四十一年冬（1562），一队浩浩荡荡的海船驶近浙江宁波海岸，一千多名倭寇蜂拥登上陆地，一路打家劫舍，大肆杀戮、满目疮痍、哀鸿遍野。倭寇由浙江转入闽东，攻陷福安、宁德，接着向闽北推进，屠城洗劫了寿宁和政和两县城，于十二月初逼临松城。松溪旧志记述了这段惨烈的历史，史称"壬戌之役"。

翻阅清康熙版《松溪县志》，在《御倭纪事》一文中，为400多年前的"壬戌之役"勾勒出一幅相当惨烈的战事场面和义士张德显赫战功,文笔沉雄豪放、情深意切:嘉靖壬戌冬十二月,倭夷屠寿宁、政和,杀戮大惨。松人逐为严备,团结守死……云梯云车至矣,方数贼飞梯而上,舞双剑入垛子内,守兵惧而避,众且望溃乱,独勇士张德奋力当前,挥阔斧斫一渠魁落城。李仕清、朱蓬毛同时挥斧,各斫数贼落城,人心遂定。复拥而前,则垛上之大石下矣,云梯并贼成粉毁矣。(《御倭纪事》)

时光倒回到400多年前的隆冬,松溪东门城楼上民军旗帜猎猎,迎风招展。知县王宾率领县丞陈文明、主簿邓锡、典史区亮、教谕潘宇、巡检范洵、生员范茂生、陈椿等全体官员以及几十名兵丁急匆匆地登上堞楼城壕部署战守,查巡八门六炮台,部署兵力准备与敌寇决于死战。这时宽敞的城头通道上,迎面跪着一位三十开外血气方刚的请战青年,在他身后站着一队虎虎生气的人群,全是自愿参加民军的家丁后生,他们立下誓死与松城共存亡决心。此时王宾被子民们群情愤慨、同仇敌忾、斗志昂扬、严阵以待的场面感动了。他前去扶起领头的勇士,当即命张德为民军联队长。

坚固的城墙上热血沸腾的守军形成众志成城之势,倭寇见状不敢贸然大规模攻战,只是放些火铳试探城内动静。王宾下令不急应战,等待战机一举反攻。

城垣外卜沸沸扬扬的鲜血和呐喊持续了数日。次年元月初五夜间,倭寇乘守城民军久战困乏精神疲惫之机,突然发起强大攻势,在东门城墙上架起的云梯、云车强行攻城。数百名倭寇蜂

古城墙舞剑（朱建斌　摄）

拥爬城，并已有数十名倭寇挥舞倭刀爬入城墙垛内，一个个龇牙咧嘴杀气腾腾。守军一时回不过神来，仓促应战，眼看全线面临崩溃，县城即将陷落的危难时刻，张德率领二十余名勇士从河头城门急速赶来。张德手抡阔斧，振臂呼喊"胆大倭贼，前来送死"，一个劲步冲向前去，十几个倭寇纷纷倒下，接着勇士李仕清、朱蓬毛、范隆等人也同时挥刀冲上，各砍死倭寇数人。守军士气大振，奋勇拼杀，杀声震天动地，倭寇觳觫不已，嚣张气焰顿消。城墙上民军弓箭齐射，巨石硬木滚落城下，倭寇大片倒下。城门炮台火炮猛轰，从子夜到次日清晨，倭寇死伤惨重，不敢恋战败退到河东。张德在城壕与倭寇肉搏中不幸中弹，壮烈牺牲。经过一夜的殊死拼杀，直把倭寇驱出县境，松溪人民终于打败了倭寇，取得最后胜利，保住了全城一万多人的生命。在这场战斗中，守城军民死殒百余人，千名倭寇死伤过半。在殉难的英烈中，张德死得最悲壮，他与松城共存亡、慷慨尽忠的民族气节名垂千古。

"壬戌之役"不仅保住了松溪城和闽北一方的安宁，也为古代抗倭史写下一页光辉的篇章。值得追问的是，为什么倭寇在闽东北连续攻破了好几个县城，而松城却没被破城，终取得最后胜利，除了有一批像张德一样与城共存亡的义士外，还有不容忽视的是这座高大坚固的城墙起到关键性的防御作用。几百年间，松溪古城墙起到了防御外侵、保护人民生命财产安全的作用。

我不由自主地朝着东门城墙外走去。当我走过一条被青苔湮灭的古石板之后已是落日时分，站在古邑沧桑斑驳的东门城垣下，晚霞晖暎撒满城墙，凝视着城门石匾上的"寅宾门"，一股安稳感殷殷实实地罩住了我，耳边回荡着那首激情澎湃、气势磅礴的歌曲《我的祖国》：这是英雄的祖国，是我生长的地方，在这片古老的土地上，到处都有青春的力量……好山好水好地方，朋友来了有好酒，若是那豺狼来了，迎接它的是猎枪……

传奇大布村

□ 唐 颐

大布是松溪县人口最多的一个行政村，达3600多人。

大布是松溪县第一个列入中国传统村落名录的美丽乡村。

松溪河环绕大布村缓缓流淌，流淌了千余年，也流淌着古今传奇。

中国不少古村落的肇基地，往往归功于动植物，或是一只耕牛看上了这里丰美水草，赖着不走；或是这里几棵大树，蔽荫数亩地，风水绝佳。大布村也不例外，相传早年间，有个名叫岩石下的地方住着一户李姓人家，一天，他家中怀孕的母猪突然丢失，几天后返回寻食，肚子空瘪瘪，显然已经生产了。主妇给母猪喂食后，悄悄跟随母猪来到松溪河边，发现芦苇丛中，一群小猪酣睡一起，一副香甜安宁状。主妇让丈夫前来观看，他们一致认为，猪有灵性，这里是一块风水宝地，决定迁居于此。

后来人们笑谈：大布村的肇基归功于一只母猪。其实这种说法丝毫不用羞赧，因为中国农耕社会，猪与家庭关系最为密切。甲骨文中,"家"的字形,上面是"宀",表示与房室有关;下面是"豕",即猪。这表明在古代,"家"的构成往往与养猪有关。

李家新盖的草庐比原先茅屋宽敞,为之起名"大铺"。此地逐渐成为闽东北与浙西南边境的水上交通要冲,码头日益繁忙,人口不断增多,鼎盛时期,全村有篷船、竹筏180条,成为松溪县五大集市之一,被誉为"大埠",后又因谐音演变为"大布"。

大布罗汉寺,始建于五代十国闽龙启二年,距今已有1190多年历史,现为福建省文物保护单位。有史料记载,罗汉寺为南唐光禄大夫、尚书孟仁泽所建。相传,孟仁泽年轻时进京赶考,乘船经过大布,忽见十多个和尚沿着河岸走来走去,便泊船上岸察看,却不见和尚踪影。只见一块空坪上,萋萋草丛中,十八块大石头分列两旁,就像十八个罗汉。孟仁泽顿悟,自己在船上看到的和尚即是这些石头,即跪下许愿:佛啊!我孟仁泽这次进京考试,如果高中入仕,一定在这里盖一座罗汉寺。

孟仁泽果然高中进士,官至尚书,有一年回乡省亲,居然忘了自己许下的愿,船经大布未停,行驶到上游岩下村歇晚。次日起床一看,船漂回了大布村,孟尚书以为是船未拴牢的缘故,再下令将船撑回岩下歇息,岂料次日又漂回大布。此时他才恍然大悟,赶紧下船,跪在罗汉石前谢罪:佛啊!您放我先回去,等我进京启奏万岁,领旨前来建寺。说也奇怪,这回他的船顺利抵家。不久,孟尚书请来圣旨建造了罗汉寺。

有趣的是,大凡佛寺的天王殿,都有四大天王,但罗汉寺却

大布古村（朱建斌　摄）

只有两大天王。相传，孟尚书建好罗汉寺后，其夫人问他：把我的名字题上去了吗？孟尚书回答：没有。夫人生气了，就自己捐资在河对岸建造一座资寿寺，但建好后，没钱塑四大天王，便叫人去罗汉寺搬了两尊过来。从此，罗汉寺两尊天王管"风调"，资寿寺两尊天王管"雨顺"。民间把这两座寺庙称为夫妻庙，夫妻双双去烧香的习俗延时至今。

1942年浙东抗战局势紧张，浙江大学龙泉分校曾迁到罗汉寺，坚持办学两个月。我国著名学者、复旦大学中文系主任胡裕树，在20世纪90年代撰写《松溪足迹》一文，回忆在罗汉寺艰难办学经历。

大布人秉性刚烈、充满血性。据《松溪县志》载，明嘉靖二十一年（1542）冬，倭寇进犯松溪县境，围困县城41天。大布人王章率50余名村民在炮楼前宣誓出征，参加松城保卫战，王章和一起壮烈殉国的有100多名义士，他们用血肉长城抵御了倭寇进攻，取得了松城保卫战的胜利。而今，中央巷炮楼犹在，上书一副对联：安堵如常一方保障，屹立不动百里长城。仿佛在提醒人们，不忘那段壮烈往事，居安思危。

大布人古风犹存、剑胆琴心。古码头上，一棵古樟，饱经风霜仍枝繁叶茂，被誉为"讲理樟"。大布村从古至今，只要邻里发生矛盾纠纷，双方便会来到古樟树下，请来德高望重长辈当评判，双方各抒己见，讲事实、摆道理，长辈评判是非，化解矛盾，促进双方握手言和。如果裁决一方明显理亏，理亏方就会自觉地买一对蜡烛、一串鞭炮，到樟树下点烛燃炮，以表赔礼道歉之意。

码头附近有一块"奉禁碑",立于清乾隆三十四年（1769），碑文内容是禁砍大布村东面樟垅山一带与闽浙两省结合部的森林,以利于保护水源和水利设施。碑文阐述了林木、水粮的相互依存关系,体现了朴素的生态意识。

仁泽书院创建于清同治年间。"仁泽"这两个字既是感念孟尚书的遗爱,又寄托了继承发扬传统儒学的理想。据统计,明清两代,大布村培育了贡生、监生、庠生、廪生、太学生、武庠生计146名。新中国成立后,大布村出了众多的博士、硕士和大学生,其中一位佼佼者名叫李良松,曾任北京中医药大学国学院院长、博士生导师,他对"古文化与医学"研究颇深,名气甚大。古语曰"不为良相,便为良医",大布村清朝就出了位名医李梦蛟。他生于1810年,卒于1896年,自动习诵经书,专心研究《黄帝内经》《神农本草经》等医学典籍,医术精湛,医德高尚,松溪县令刘钧锡赠其"功侔良相"匾额褒扬。

大布村耕读之风不断得到弘扬,20世纪50年代,国家开展扫除文盲和推广普通话运动,全村青壮年非文盲率达98%,青壮年以下会说普通话的达92%。1960年,大布村被国务院评为"全国业余教育先进单位",并选派代表进京领奖,受到周恩来总理等国家领导人接见。

大布不仅有松溪河环绕着村庄,还有一条运河穿村而过,这条运河全称"六墩引水工程",当地人却喜欢叫它"松溪红旗渠"。1966年,松溪县为解决农田灌溉问题,从浙江庆元县筑坝引水,修筑了一条运河总长51千米,穿越大布村1.8千米,沿线灌溉农田2万余亩。红旗渠面宽6米、底宽3.5米,现在仍在使用中,

大布民俗文化村（朱建斌　摄）

成了大布村的一道风景线，也记录了那一段激情燃烧的岁月：时任县委书记王乐道率领6000余名干部群众、奋战4年、凿洞7千米、架渡槽8座，成为一段自力更生、艰苦奋斗的历史。

2024年初夏，我走进村庄，好像走进了一个大工地，到处都是热火朝天的工作场面。河东乡宣传委员小张自豪地说："大布村得到多渠道投资3亿多元，今年必须完成2.5亿元投资额，特别是用于古民居保护修缮的任务很重，大家都很努力。我相信到了明年，大布村一定会让游客感觉古韵悠悠又朝气蓬勃。"

科诚科普植物园是一位民营企业家创办的，去年刚落地，园区占地90余亩，其中珍贵苗木观赏基地50亩、植物展览馆面积8亩。总体规划投资2.1亿元，现已完成投资2000余万元，建成了游客集散中心、游泳馆、珍贵苗木园、标本馆等；下一步还将建设罗汉松盆园、银杏园、紫薇园、茶梅园、玫瑰园、楠木园、水果采摘园等。我们参观正在建设中的园区，确实感觉一派朝气蓬勃的景象。

大布村原有一所小学，现已停办。县有关部门看上了这里离县城近（5千米）优势和优美环境，投资6600多万元，将小学改造扩建为县中等职业技术学校。目前，新建的教学楼和宿舍楼已基本完工，足球场修整和其他设施改造也进入尾声，准备迎接9月初的开学。届时，大布村增加外来人口1000多人，又注入一股朝气蓬勃的精神。

我颇欣赏"古韵悠悠又朝气蓬勃"的说法。确实，绕着大布村流淌了千余年的松溪河，继续为大布村流淌着新的传奇。

源头活水"烧茶桥"

□ 黄锦萍

一座桥，一口锅，一桶茶，也许这只是乡村常见的一个生活场景，却成为松溪渭田项溪村的一个文化符号，一个世代相传的民间习俗。

什么样的桥走过650多年，从溪桥走成"烧茶桥"？什么样的一口大铁锅，烧了650多年的水，依然滚烫如初，保持着项溪人的温度？什么样的一桶茶，喝了650多年，喝过几个朝代几度春秋，依然滋润在喉回味甘甜？

如果我告诉你，这座"烧茶桥"的诞生是因为一个爱情故事，你是不是想探听一下缘由？

相传公元1370年，也就是明朝洪武三年，项溪有位以种茶为生的姑娘，跟着哥哥嫂子在白马山下种茶，她边种茶边读诗书，是方圆百里不可多得的美人加才女。姑娘心地善良，在茶山采茶时，看到前往白马山祈福许愿的香客行路艰辛，看到田间农人劳作口渴，便在路边搭建草屋，时常烧些茶水，无偿供过往行人解

传统古村落——渭田镇项溪村

渴。一天，一书生进京赶考，路过草屋休憩时，但闻茶香弥散，顿觉神清气爽。姑娘见是读书人来喝茶，甚是欢喜，便与书生讨教诗书。书生见姑娘才学不浅，也出题试探，姑娘对答如流。书生暗喜，暗立誓言"如若金榜题名，必来迎娶"。姑娘见书生知识渊博，风度翩翩，心想"若能嫁得书生，此生足矣"。离别之际，姑娘拿出自制茶叶赠予书生，并嘱咐读书困乏时泡开饮用。书生甚为感动，作别姑娘，踏上白马山。

书生在久福寺祈福之后，到山崖边上欣赏美景，见崖下有一石头酷似人状，便捡起石子许愿道："石为媒，我投石三下，若能投中，今生必娶烧茶姑娘。"说罢投下石子，果然投中，冥冥之中仿佛得到神助。书生即刻进京赶考，一路上夜夜苦读，困顿时便取出姑娘相赠之茶饮用，倦意顿消。之后科考揭榜，书生如愿以偿，高中状元。为了信守诺言，书生急匆匆赶到项溪迎娶心上人，有情人终成眷属，"媒人岩"的传说也由此而来。因邂逅而相遇，因喝茶而结缘，后人为纪念这段姻缘，在项溪村通往白马山的村道上，也就是原来的草屋位置，修建起一座长16米、宽4米的"溪桥"。从此，桥上烧茶者从未间断，路人停歇在此喝茶早已成为习惯，这便是"烧茶桥"的由来。

从传说变成现实，延续了650的光阴；从愿望变成习俗，浸透着村民650年的薪火相传。项溪村游彩山书记带我去看"烧茶桥"，正是农闲时节，烧茶尚未开始。走进"烧茶桥"，我看见正面石门上一副苍劲有力的对联，对联上写着"清泉滋万物，香茗润众心"，表达了这座桥的寓意。桥上长条大板凳，可坐50多人；有一口烧柴火的大铁锅；两个装茶水的大木桶，桶沿上挂着几个装水喝的小竹节，一看就是就地取材的手工做，农人智慧。烧茶的铁锅、锅盖等用具，都是从村民家中募集来的。

游彩山是"80后"，祖祖辈辈都在项溪村生活。他告诉我，这里自然形成的村民聚集地，一定有它的道理。每年农历四月到十月期间，正是农忙时节，在田间劳作的村民早出晚归，靠的是两条腿走路，刚好烧茶桥位于项溪村的中部，旁边都是大山，还有千余亩农田，所以在周边劳作的村民，都喜欢在这里避风、避雨、避暑、休息、聊天。烧茶农户当天要挑百来斤柴火、一斤多茶叶，到这里烧六大锅开水，一般要烧半天，阴雨天和农忙也从不中断。就是遇上夏收大忙，轮到烧茶的农户即使劳力再紧张，也要挤出一两个人来这里烧茶，好像做的是自己家里的事。附近下蓬、潘源、溪边三个自然村的240多户人家，都会主动轮流到这里烧茶。

村民程代柏的父亲程方福健在时，是项溪村推举出来的头茶烧茶人，30多年没有中断过烧头茶的重任。18年前，老先生去世，游辉荣接过班，成为每年头茶的烧茶人。游辉荣说，烧茶桥上的锅、灶并没有什么特别之处。我们会用溪中的山泉水将茶锅和锅盖认真刷洗，然后点上一膛炉火。松溪有丰富的竹木资源，即使在资源匮乏的年代，也不用为耗费大量的柴火而担心。烧茶单也是我每年备一本，今天我烧，明天传给你，好像约定俗成，这一传又传了19个年头。游辉荣认为自己是老党员，每年烧头茶是村民给他的荣耀。

程章磊是宋代"程朱理学"奠基人程颢的第三十四代裔孙，他1978年离开家乡，40多年后回乡看见烧茶桥的故事还在延续，很是感慨，烧茶传统在客观上的需求只是其中的一个原因，神奇的是，这种传统不是做一年两年，而是一做就是几百年，也不是一户两户在做，而是家家户户心甘情愿地去做，这已经是奇迹了。

项溪村下派第一书记张世辉探讨了这一"烧茶桥"现象：从一个人到一个家族，从一个家族到整个村落，从一个小善到一个大善，成为一个习俗，一种文化，影响了整个村落世世代代的村民，让整个村落拥有乐善、好善、从善的文化自觉，温暖了项溪的岁月，中国传统文化之乐善好施美德，在闽北的绿水青山间延续，感动了无数人……

我们找到了"烧茶文化"的根基。据项溪望族程氏宗谱记载：宋徽宗宣和年间，宋代理学大儒程颢的后人为躲避战乱，由建宁府迁至松溪县项溪村定居，繁衍生息至今已三十一代。据不完全统计，从南宋至清代，宋嘉定十一年，程颢第十一代程士汤高中进士，官至河南监察御史；第十二代程衣佩为浙江丽水县令；第十三代程论为常州通判，程咏为千总；第十五代程尹盛中中乙酉科（元至正五年）解元；明清时期，官居八品以上有十六人，举人、贡生等更是不胜枚举。项溪村那么多学子考取功名，实属不易和罕见。明朝崇祯辛巳年间(1641)，为表彰项溪村学子的勤奋和努力，崇祯皇帝御赐项溪村建造东南西北四座"封门"，并御笔亲书"伊水流芳"四个大字，勉励项溪村学子再接再厉。至今保留下来的西门和北门两座封门上，依稀可见"明崇祯辛巳年间"字样，因是皇帝勉励学子勤学上进，故被称为"状元门"。御赐封门，见证了项溪书香代代流传。项溪村民特别敬

项溪村烧茶桥

　　畏文字，书写了文字的纸，只能扔进字纸篓，不能扔进垃圾桶；只要纸上有一个字，就不能带进厕所。废纸只能燃烧，不能扔弃、污秽。在项溪村程氏祖宅中，我发现了遗存几百年的大量田地契约等文书字据，验证了项溪人敬字如神的精神传统。几百年来，这些文书字据早已失去价值，但是后人不敢扔弃、也不敢燃烧，就一直珍藏在阁楼上，而且大都保存完好。

　　项溪村学风浓厚、村风淳朴，从这里走向世界的项溪籍人才更是灿若繁星。山川毓秀、人杰地灵的项溪村，尊师重教、乐善好施的精神在这里生根，桥茶文化正是这种精神最好的传承。

　　如今的松溪正赓续"桥茶文化"的精神血脉，将田园观光、农家乐休闲、凤溪漂流、木屋餐饮和住宿融为一体，把项溪打造成桥茶文化与程朱理学研学、观光休闲相交融的特色旅游之地，并积极实施省级传统古村落提升项目，加大保护活化利用，让古建古宅"活"起来，促进松溪生态游、乡村游和乡村振兴的发展。随着集新时代文明实践、闽北松溪讲习班、湛卢书香于一体的"三合一"服务点的建立，项溪书香弥漫，传递着生生不息的文化力量，恰如源源不断流淌的"状元泉"水一般，滋养着一代又一代项溪人，涵养着项溪村的乡风文明，助力项溪和美乡村建设。

漫步在干干净净的项溪村，你会感受到程朱理学对这座小村庄的滋养。流淌的溪水、游动的鱼群、滚动的水车、苍翠的树林，当我们饮过状元泉、走过状元道、穿过状元门、品过状元茶、许过状元愿、尝过状元糕——这一切与"状元"为主题的精品旅游路线，让我回想起公元1370年，"烧茶姑娘"与书生"因邂逅而相遇，因喝茶而结缘"的美丽传说。沉浸式体验这座因山而秀美、因水而灵动、因祠而厚重、因文而扬名的传统古村落，你会发现这里的"状元"遗风一直都在。

耳边回荡着村民们原创的民歌《烧茶桥》：白马山下烧茶桥，溪水清澈群山绕；六百年来如一日，烧茶送水不停脚，你送我送家家送，代代相传育善苗——听着这首像清泉一样流出来的歌，一定是孝善文化的美德，让这里的天格外地蓝，水格外地清，让这里的空气透着远离世俗的甜。

风从吴村来

□ 罗小成

北宋末年,宋朝廷腐败黑暗,党争激烈,军事废弛,民生凋敝,但仍有一股清流之风在朝野间浩荡,这股清风源自以吴执中与陈朝老为代表的闽北大地。

吴执中,松溪县渭田镇吴村人,北宋景祐元年(1043)出生,嘉祐八年(1063)中进士,刚直不阿,是一代敢于弹劾权贵的刚正名臣。他从不趋炎附势,宁可在州县做了30多年地方官,直到绍圣年间,60多岁时才入朝,先后任兵部库部司、吏部右司郎中。大观元年(1107),他升为兵部侍郎,大观二年(1108)任御史中丞。吴执中在地方及各部司任职多年,熟知官场种种腐败现象,初任御史,便上疏弹劾内侍省、大理寺、开封府等部司官员贪赃枉法,冒功领赏等行为。反对当时推行的"入粟补官法"及"轻赐予以蠹邦用,捐爵禄以市私恩"的弊政。他针对当时任命官员,多靠私交推荐的弊端,他奏请对这些官员严格甄核,按德才以定去留,执中所奏均被徽宗采纳并被提升为礼部尚书。

吴执中不但弹劾权贵、抨击弊政，而且对徽宗皇帝的奢侈扰民行为也敢直言谏阻。徽宗爱好园林和奇花异石，命人到江南搜罗珍玩，用漕船运送到东京（今开封），称"花石纲"。官吏乘机大肆勒索，弄得江南一带民不聊生，怨声载道。吴执中上疏极力谏阻，促使徽宗下诏停征。徽宗违反祖制任用外戚郑居中为同知枢密院事，吴执中上疏谏阻陈述其弊，徽宗退还奏章，执中仍据理力争，要求收回成命，以正纲纪。徽宗对执中的谏言也有所顾忌，以后每有需求，必先告诫左右"毋令吴某知"。

陈朝老，政和县石屯镇石门村人，北宋神宗熙宁十年（1077）出生，宋哲宗元符六年（1100）为太学生，官至左仆射。他为人刚直，十分关心国家的命运和前途。北宋末年，皇帝昏庸，奸臣当道，金兵南掠，溃卒作乱，再加以农民起义，战火连年，当时大部分由官学培养出来的读书人累于功名，见利忘义。而陈朝老、陈东、邓肃等一批士人深明大义，挺身而出。大观三年（1109）六月，陈朝老上书直谏，批评徽宗自即位以来，五次任命的宰相均为祸国殃民之人。陈朝老上书指出："陛下知蔡京之奸，解其相印，天下之人鼓舞，有若更生。陛下即位于兹，凡五俞相矣。有若韩忠彦之庸懦，曾布之赃污，赵挺之之蠹愚，蔡京之跋扈，多见其不胜任也。"

宋宣和七年（1125）钦宗受内禅即位，陈朝老又与太学生陈东上书痛骂蔡京、童贯、王黼、李彦、梁思成、朱勔等六人为"六贼臣"，历数蔡京等恶十四事，直斥曰：渎上帝、罔君父、结奥援、轻爵禄、广费用、变法度、妄制作、喜导谀、钳台谏、炽亲党、长奔党、崇释老、穷土木、矜远路。乞投畀远方，以御

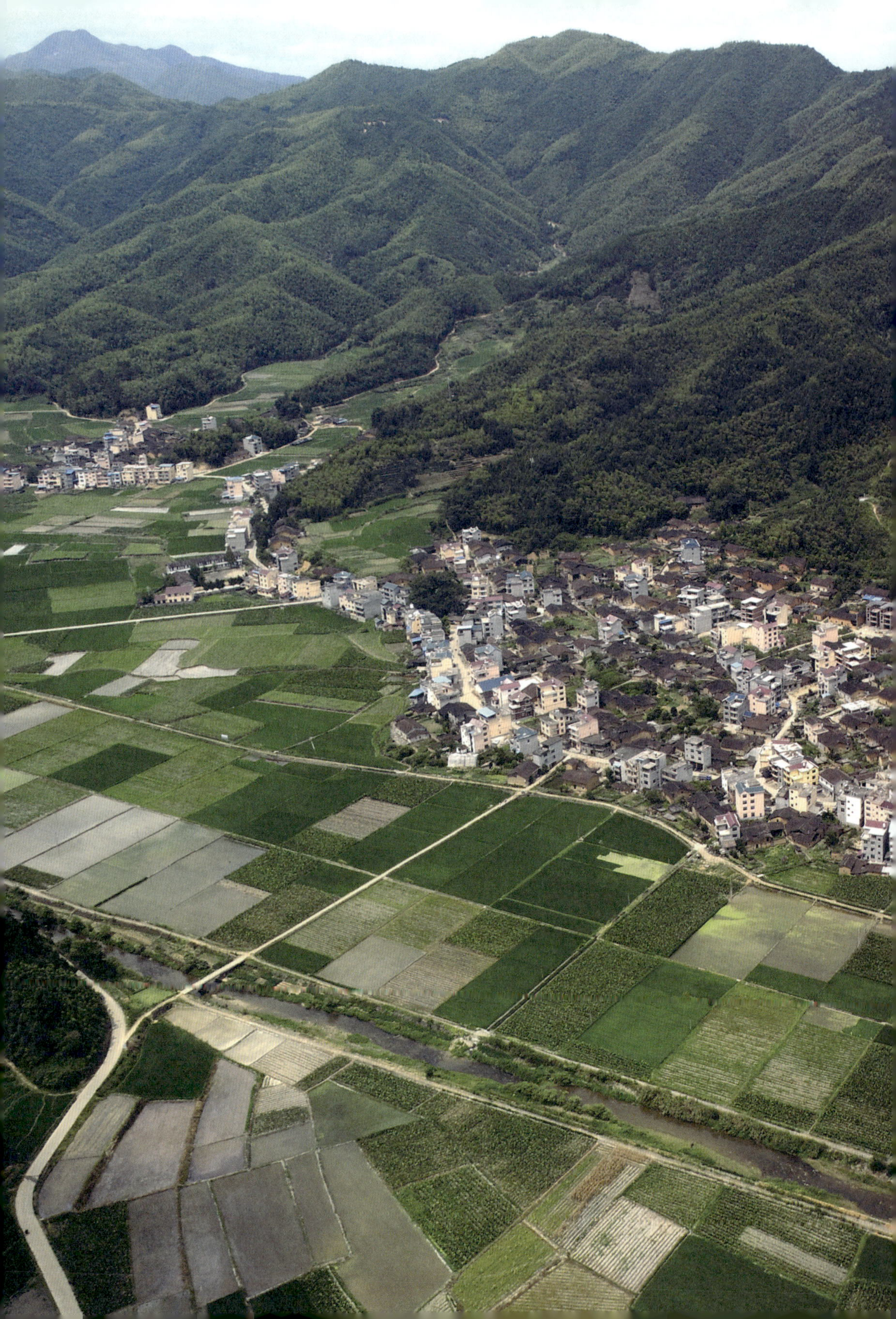

渭田镇吴村全景

魑魅。其书出，士人争相传写，以为实录。陈朝老等人的行为激怒皇帝赵构等人，建炎元年（1127）农历八月二十五日，陈朝老被贬道州（今湖南道县），在那儿度过了三年的流放生活。后建炎改元，陈朝老才被赦回到故乡政和县石门村。南宋绍兴年间，高宗念其贤名，曾先后三降特诏，征召陈朝老入朝。陈朝老看到当时奸相秦桧把持朝中大权，坚辞不就。世人重其气节，尊称陈朝老为"三诏先生"。

吴执中与陈朝老是同朝为官的老乡，喝着闽江源头水，在松政同一块土地长大，两人年龄悬殊，相差34岁，但他们亦师亦友，以忠君爱国为己任的人生信条，为了国家和民族的利益，始终遵从自己内心的正义法则。他们个人交往中相互尊重，相互鼓励，为世人学习的楷模。吴执中在《陈三诏像赞》写道："躯干似长源之昂藏，形骸似文洲之矍铄。面似东坡，而无东坡之才学。老似莆阳，而无莆阳之好爵。生于小坤，老于高宅。寄兹虚静以复万物之并作。小冠氅衣真矍仙，南极一星光烁烁。前有吞气龟，后有独舞鹤。披襟曳杖以逍遥，绿水青山映池阁。颜回坐忘，扬雄寂寞。君其肖似者乎？自道观之，相去何若。"这段描述陈朝老的画像赞词，充分表达了吴执中对同乡晚生陈朝老的高度肯定与赞许。而陈朝老对朝中元老吴执中为官清廉，不畏权势，勇于直谏，更是敬仰有加。

吴执中与陈朝老的高尚气节受一代大儒朱熹的尊崇与景仰。朱熹在松溪湛卢山讲学时，亲自到吴执中故居拜访，题下一首诗《尚书执中公显谟阁侍制像赞》："平生矢志自刚方，不恤身家爱庙堂。谏奉能耸九重悟，追封侍制姓名香。"这是对吴执中最中肯、最到位的评价。吴执中一辈子刚正方直，不惜搭上身家性命也要忠君爱国，他规谏进奉的决心和能力震悟天地，震悟朝廷，尽管生前几经沉浮，但死后也得到朝廷认可，追复官职，名留青史。宋绍熙元年（1190）三月，61岁的朱熹启程赴漳州任知州前，带其弟子到政和为其祖父祖母展墓。由于对陈朝老的景仰，他特带得意弟子蔡元定等人到石门村瞻仰陈朝老祠堂，站在陈朝老遗像前注视良久后，行三鞠躬，以示敬意。此时，蔡元定见陈公的遗像随口说"公之骨相严稜，宜其不享富贵"，朱熹听后大为不快，当即厉声批评他说："富贵何如？名节香至哉！"表达了朱子对陈朝老爱民忠君，刚正直言，不畏权贵品格的崇敬之情。

　　吴执中与陈朝老的爱国情怀和崇高的民族气节铭刻在松政人民心中，世世代代在松政土地上传扬。明嘉靖四十一年（1562）农历十一月十七日，骤雨初歇，寒风凛冽。数千倭寇杀气腾腾而来，包围了政和县城，并在熊山顶上居高临下，安营扎寨。倭寇一方面以鸟铳密集轮番向政和守军轰击，另一方面以诱导形式劝政和守军投降。当时，政和人口只有两万人左右，县城仅三千人。城内能拿起武器的成年男子只有三四百人，加之招募来的四方村民，不足千人。政和城关虽可以据守，但城墙长6000多米，高不足3米，东西狭长，易攻难守。知县周尚友、县丞徐九经不畏强敌。周尚友披挂上阵，登城督战，身先士卒。全县军民同仇敌忾，坚壁以守，多次击退了倭寇的猛烈进攻。倭寇久攻不下县城，一再发出通牒：尔县拒南国巡海船主大王，将一股而诛之，寸草不留；一边伐木造云梯云车等攻城器械。县城每次出现垂破之际，周尚友、徐九经就亲自率领敢死队前去救援，重创倭寇。农历十二月二十七日，终因敌我双方力量悬殊，粮尽援绝，城被攻陷。倭寇进城后烧杀掠夺，无恶不作。周尚友、徐九经为国英勇捐躯，全城抗击倭寇将士壮烈牺牲。

　　同年农历十二月底，倭寇逼临松溪城。在倭寇队伍的最前面，押着政和二童子，在城墙下威逼利诱松溪县城打开城门，二童子视死如归，惨遭屠杀。松溪县令王宾惊恐万状，惶惶不可终日。他听从污吏陈旦好言，派人下书求和。这个书生气十足的县令以为给一点钱财就能打发走这群野心勃勃的强盗，然而信使捎回来的消息却是责限松溪人在次年元月初八之前，献交白银两万两、良马二百匹，如果延期，破城之后必将城中老幼斩尽杀绝。在倭寇的眼里一弹丸之地，不必费多大劲便能唾手可得。自古受湛卢之剑气锤毓的松溪人民，岂畏强暴！侵略者的嚣张气焰令松溪人大怒。危在旦夕时刻，以生员陈椿、范茂先为代表的仁人志士挺身而出，"不惜顶踵为家乡卫灾捍患"，激昂陈词于县衙，说服县令王宾发下了"献议和者斩"的军令，并推举陈椿佐理兵务严阵以待。王县令率领全体官员以及几十名兵丁登上堞楼城壕，查巡八门六炮台，部署兵力迎战，松溪民众枕戈待旦。不久，倭寇兵临城墙下，气势汹汹，八门城墙负载着全城万人的悲愤与怆然。松城守军在陈椿的谋划下，夜出奇兵袭扰敌营，暗设强弩杀伤敌人。孤城碧血41天，松溪军民誓死抗击外来侵略者惊天地，张德、陈应娘、叶氏、范惠女和一百多人壮烈牺牲。

　　政和、松溪一衣带水，结下深厚友谊。重温政和训导林树坚的《政和二童子歌》，热情歌颂政松两县人民不惧敌人，抗击倭

巨口古民居（朱建斌 摄）

寇的英雄壮举可歌可泣，在松政史上留下了光辉的一页。

　　时光荏苒，岁月如歌。千百年来，人们始终不会忘记先贤给予的精神力量与动力。在吴村，人们景仰吴执中的品德与气节，解囊捐建吴执中纪念堂，为先贤树碑立传，为后人树立传承。行走在吴村村巷，观赏着吴执中之父当年亲手栽下的千年古樟树，一阵清风扑面而来，带着浓郁的香气，那是一股人间正气。

松溪旅游地图

松溪旅游线路导览

推荐线路一：甜蜜松溪·蔗里等你

●行程路线：万前百年蔗基地——梅口埠国家4A级旅游景区——塔山·文秀湖健身主题园景区——松溪县美术馆（版画院）——松溪县非遗馆。

万前百年蔗基地： 位于南平市松溪县万前村，距县城仅19千米，种植的百年蔗有近300年的历史，被誉为"世界第一蔗"，是目前已知世界上寿命最长的宿根蔗，2021年成功入选中国重要农业文化遗产名录。百年蔗红糖古法熬制、香甜可口；还有百年蔗茶点、朗姆酒、白酒等百年蔗延伸产品。

梅口埠国家4A级旅游景区：梅口埠是松溪县第一家国家4A级旅游景区，位于郑墩镇梅口村，距离县城20千米，是闽北古代最繁荣的商品集散地码头之一。梅口古埠始建于宋代，已有一千多年历史，是万里茶路的必经之路，也是历史上松溪九龙窑珠光青瓷南运、食盐北运的必经之地。景区以历史古村落和水运文化为主题，由古码头、红色文化馆、古樟园、古戏台、版画传习所等景点组成，还有福建省内最大的古樟树群之一，自然景观和人文景观相得益彰。

塔山·文秀湖健身主题园景区：国家3A级旅游景，位于松源街道，距离松溪县城3千米。从塔山公园往文秀湖一路漫步，环湖观景游道约3千米。湖面总面积约9万平方米，波光涟漪，群山环抱中，白鹭等各种原生鸟类翱翔于湖面，真所谓"万种风情万千气象"。

松溪县美术馆（版画院）：位于松溪县文化广场，馆舍面积约2560平方米，馆内

设有展厅、版画体验室、创作室、作品拍摄室、办公区和库房等,是集研学、培训、版画创作、展览、学术交流、版画制作技艺非遗保护传承等于一体的综合性场所。馆内收藏历年松溪版画作品1000余幅。

松溪非遗展示馆:

大展厅动态化展示的是松溪非遗产品,有松溪三宝(湛卢剑、松溪版画和松溪九龙窑),全息影屏、360度全方位立体影像,生动地展示着松溪非遗产品。

推荐线路二:生态茶园·探秘溯源

行程线路:吴山头传统村落——万亩茶园生态示范区——凤凰山庄——龙源绿茶国家3A级旅游景区。

吴山头传统村落:

位于南平市松溪县茶平乡,距城区6.1千米,村内有红豆杉名木古树群、古民居,有铸剑大师欧冶子、理学家朱熹留下的足迹,还有改造后的朱子

孝廉文化展示馆、观景平台、湛卢诗歌村、湛卢摄影小院、竹海长廊、诗歌长廊，同时还配套了古装租赁店铺、特产商铺、传统民宿等。游客可漫步在吴山头村古道，身着古装佩剑，品"剑溪"朱子古茶，领略"剑侠"气概；驻足诗歌长廊，欣赏古今文人墨客朗诵佳作，吟《朱子家训》。

万亩茶园生态示范区： 位于南平市松溪县茶平乡仰坑自然村，距城区仅10千米。集休闲、文化、旅游为一体的生态观光茶园，拥有茶香浓郁的阶梯式茶山、1000平方米的生态停车场、约385米的休闲步道，建有观景平台、休闲楼阁，打造茶园花海、茶园游学的品种园、茶文化长廊以及绿色防控科技示范及婚纱摄影基地。

凤凰山庄： 位于省级旅游景区湛卢山山脚下的林下村，距离速路口5千米、县城4千米、乡政府所在地2.5千米。山庄四面环山、生态环境优美，休闲生态旅游得天独厚。山庄规模121亩（其中水库面积30亩），从林下村到山庄已修建一条宽5.5米、长1.7千米的路。山庄建有游客接待楼1栋、休闲娱乐楼1栋、多功能会议室1座、休闲漫步道3千米、人文景观3处、樱花园25亩、水果采摘园10亩、大型停车场3500平方米、别墅3座，建筑面积1200平方米，可提供住宿床位50张、餐位150座，一次性接待游客200人以上。

龙源绿茶国家3A级旅游景区：位于南平市松溪县祖墩乡刘源村，距离县城30千米，2022年龙源茶山被评为南平市最美生态茶园。。景区拥有茶山基地3600亩，其中祖墩乡刘源基地756亩。基地山水相融，风景秀美，特有的丹霞地貌和生态环境十分适宜有机茶树培育和生长。游客可以品尝有机绿茶、了解绿茶生产过程、亲自体验绿茶的采摘和制作。景区还有绿茶文化体验馆、手工制茶工坊、九龙大白茶制作观光车间等，是游客品味绿茶、学习研学体验和制茶的胜地。

推荐线路三：灵秀文化·生态雅集

行程路线：大布民俗文化村——项溪古村落——白马山省级自然保护区——龙头山景区。

大布民俗文化村：先后被评为"中国传统村落"、福建省地名文化遗产"千年古村落"，距县城仅6千米。村内古民居大多为晚清和民国时期建造，还有古码头、奉禁碑以及全县唯一的省级文物保护单位罗汉寺等40多处古代建筑物，与村中10多口古井相谐布陈，彰显出村落悠久的人文历史和深厚的文化底蕴。

项溪古村落：位于松溪县中部，风景秀美的白马山脚下，距渭田镇6千米、县城26千米。项溪村2015年获"福建省古村落"称号，现今留存下来的明清时期古建筑、古民居和古牌坊有数十处，群山环抱，溪流穿村而过，错落着几座青砖灰瓦、断壁残垣，颇有人文历史底蕴。

白马山省级自然保护区： 位于松溪县境内中西部，距县城20千米。白马山奇岩胜景、奇崖绝壁，千米以上的高峰有天坛峰、摩林坑岗和长龙岗3座，有形似虎跳、狮伏、熊立、象饮、龙腾、马奔等九个山峰和舍身岩、媒人岩、蜡烛岩、磨米岩、僧帽岩、弥勒岩、老佛洞等奇岩胜景。

龙头山景区： 亦称鸾峰山，位于松溪县北部，海拔1349米，为松溪县最高山峰，方圆约36平方千米．浙闽两省界碑屹立此间。山顶有鸾峰仙阁一座，始建于南宋景炎年间；山腰有白云禅寺（古称鸾峰庵），均有700多年历史。"弥勒菩萨"笑坐山门，神龛里的"华佗"，"张仲景""如来""十八罗汉"栩栩如生，每逢香日，有近万名香客从四面八方赶来此寺烧香祈福，香火鼎盛。

后　记

　　2024年5月，福建省知名作家一行30多人聚首松溪，参加了"走进松溪景区"的采风、创作活动。

　　松溪独特的区位优势和优美生态以及深厚的文化底蕴、鲜明的时代特色和优异的建设成就，为作家们进行文学创作提供了取之不尽用之不竭的文学资源。作家们看到，美丽的松溪不但是省内外作家心之向往的一块生态宝地，更是国内外旅游者追寻的一处精神家园。作为本土作家，更应以文学的方式为服务、书写、宣传松溪贡献自己的力量，为松溪打造出文旅融合的文学地标和文化名片。

　　作家们立足松溪大地，以深切的感受、深挚的情感，抒发人与自然、历史和现实的同频共振，构成真善美交织的内力与魅力，从而创作出来的一篇篇丰沛而又深刻的文学作品。

　　值本书出版之际，我们谨向松溪县委、县政府和松溪县委宣传部，向为本书提供素材和热情接受采访的松溪各有关单位和个人，向参与本书采访、写作的作家、编辑以及出版社的同志们，一并致以衷心的感谢。

编　者

2024年9月

图书在版编目(CIP)数据

走进"八闽旅游景区":松溪/福建省炎黄文化研究会等编. —福州:海峡文艺出版社,2024.11
ISBN 978-7-5550-3772-9

Ⅰ.I267

中国国家版本馆 CIP 数据核字第 2024PA8822 号

走进"八闽旅游景区"——松溪

福建省炎黄文化研究会
福建省作家协会
中共松溪县委   编
松溪县人民政府

出 版 人	林滨
责任编辑	何莉
出版发行	海峡文艺出版社
经　　销	福建新华发行(集团)有限责任公司
社　　址	福州市东水路 76 号 14 层
发 行 部	0591—87536797
印　　刷	福建东南彩色印刷有限公司
厂　　址	福州市金山浦上工业区冠浦路 144 号
开　　本	700 毫米×1000 毫米　1/16
字　　数	255 千字
印　　张	16.5
版　　次	2024 年 11 月第 1 版
印　　次	2024 年 11 月第 1 次印刷
书　　号	ISBN 978-7-5550-3772-9
定　　价	48.00 元

如发现印装质量问题,请寄承印厂调换